光文社古典新訳文庫

ケンジントン公園のピーター・パン

バリー

南條竹則訳

kobunsha classics

光文社

Title : PETER PAN IN KENSINGTON GARDENS
1906
Author : J. M. Barrie

目次

ケンジントン公園のピーター・パン

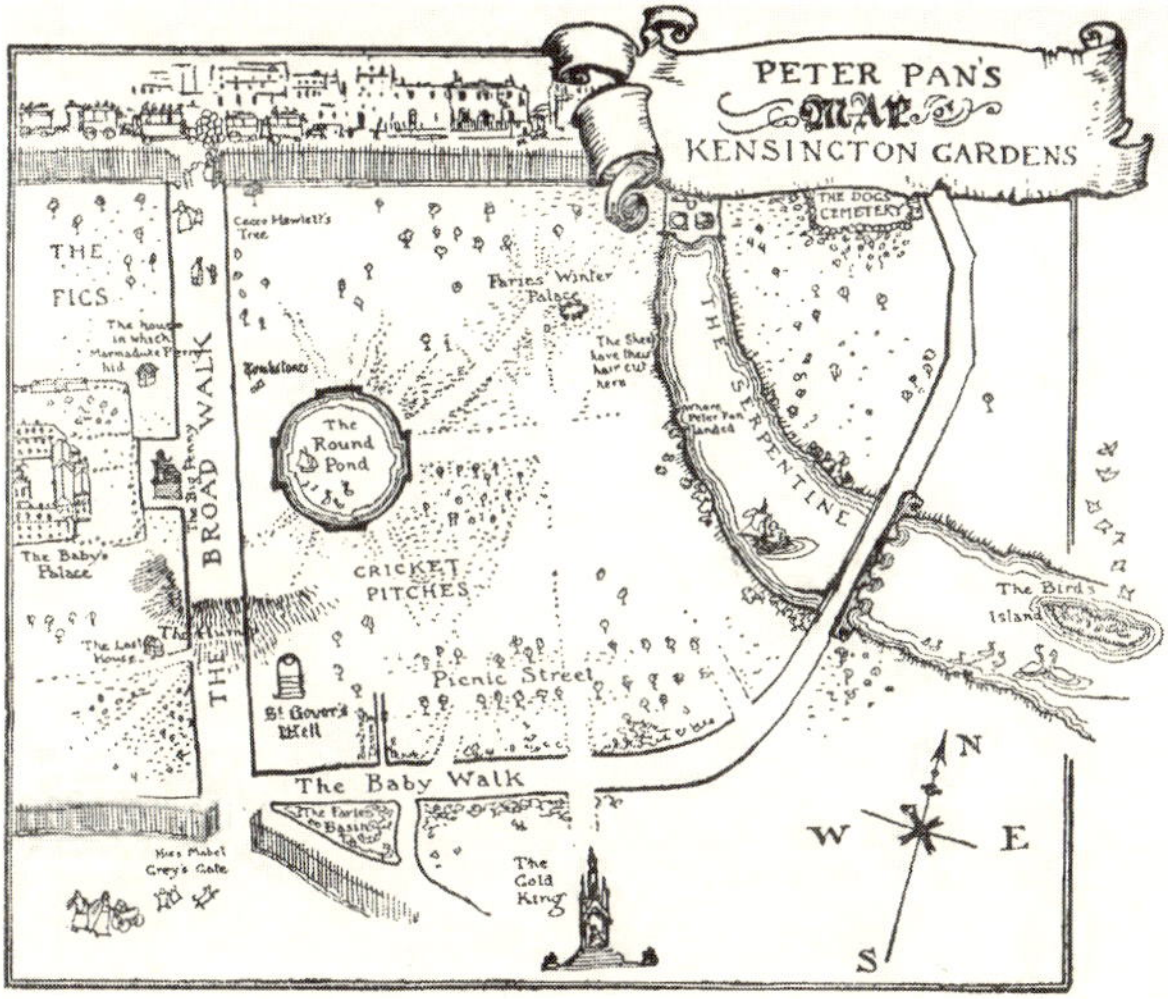
PETER PAN'S
MAP
KENSINGTON GARDENS
THE DOGS CEMETERY
Cecco Hewlett's Tree
Fairies' Winter Palace
THE FIGS
The house in which Marmaduke Perry hid
THE BROAD WALK
The Big Penny
The Round Pond
CRICKET PITCHES
THE SERPENTINE
Where Peter Pan landed
The Birds Island
The Baby's Palace
The Hump
The Lost House
St Govor's Well
Picnic Street
The Baby Walk
The Fairies Basin
Miss Mabel Grey's Gate
The Gold King
N
W
E
S

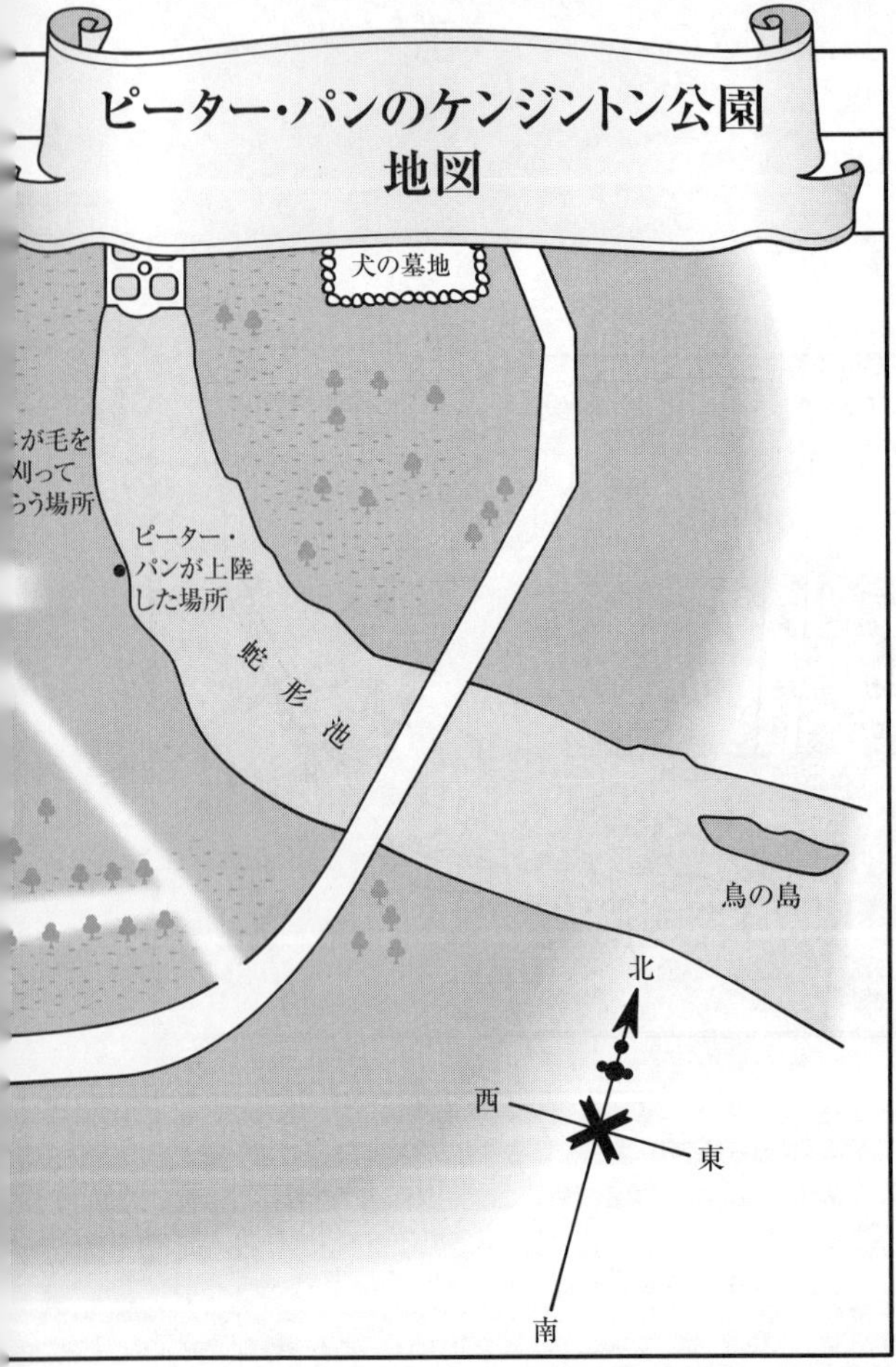
ピーター・パンのケンジントン公園
地図
犬の墓地
が毛を
刈って
う場所
ピーター・
パンが上陸
した場所
蛇形池
鳥の島
北
西
東
南

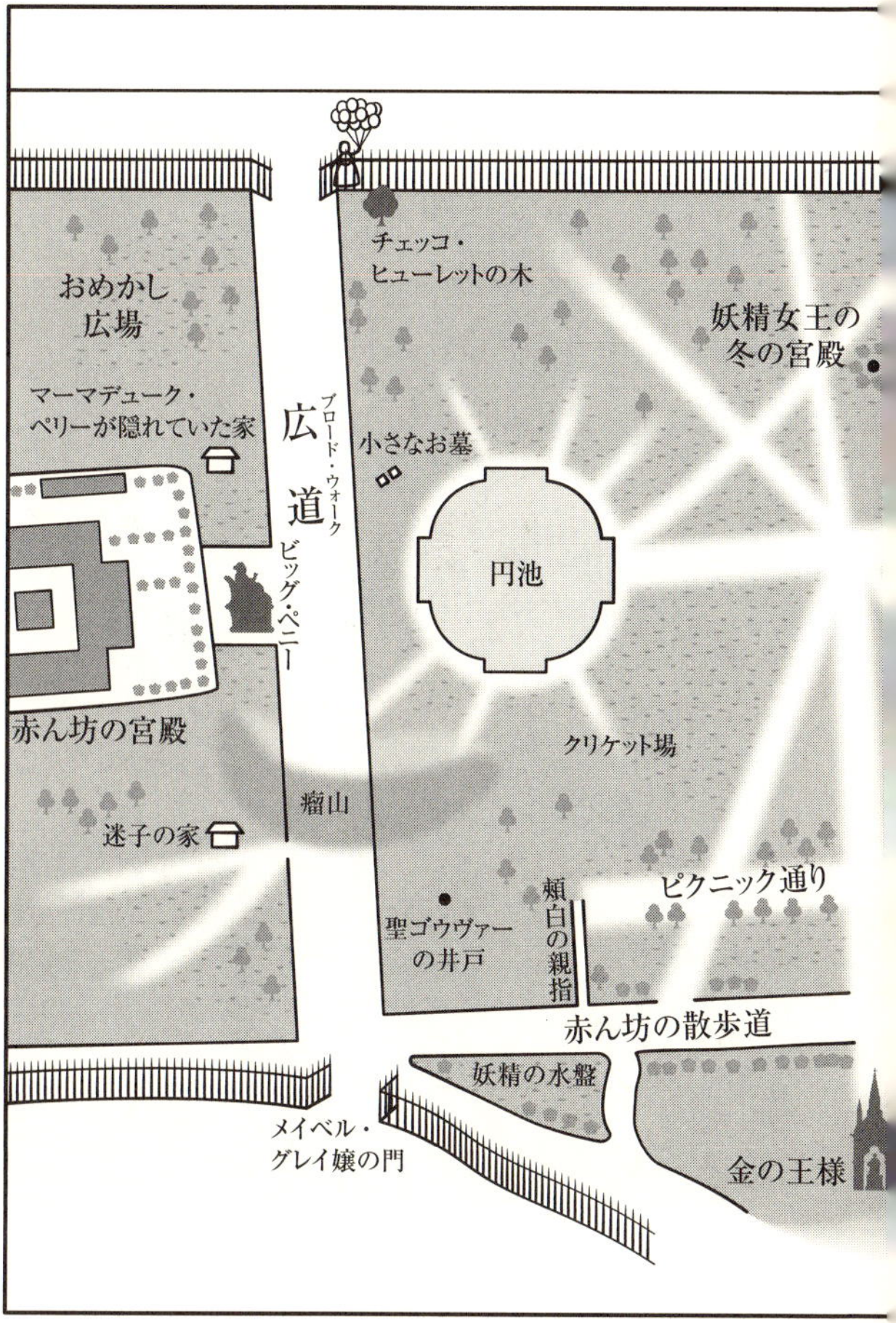
チェッコ・
ヒューレットの木
おめかし
広場
妖精女王の
冬の宮殿
マーマデューク・
ペリーが隠れていた家
広
道
ブロード・ウォーク
小さなお墓
ビッグ・ペニー
円池
赤ん坊の宮殿
クリケット場
瘤山
迷子の家
頬
白
の
親
指
ピクニック通り
聖ゴウヴァー
の井戸
赤ん坊の散歩道
妖精の水盤
メイベル・
グレイ嬢の門
金の王様

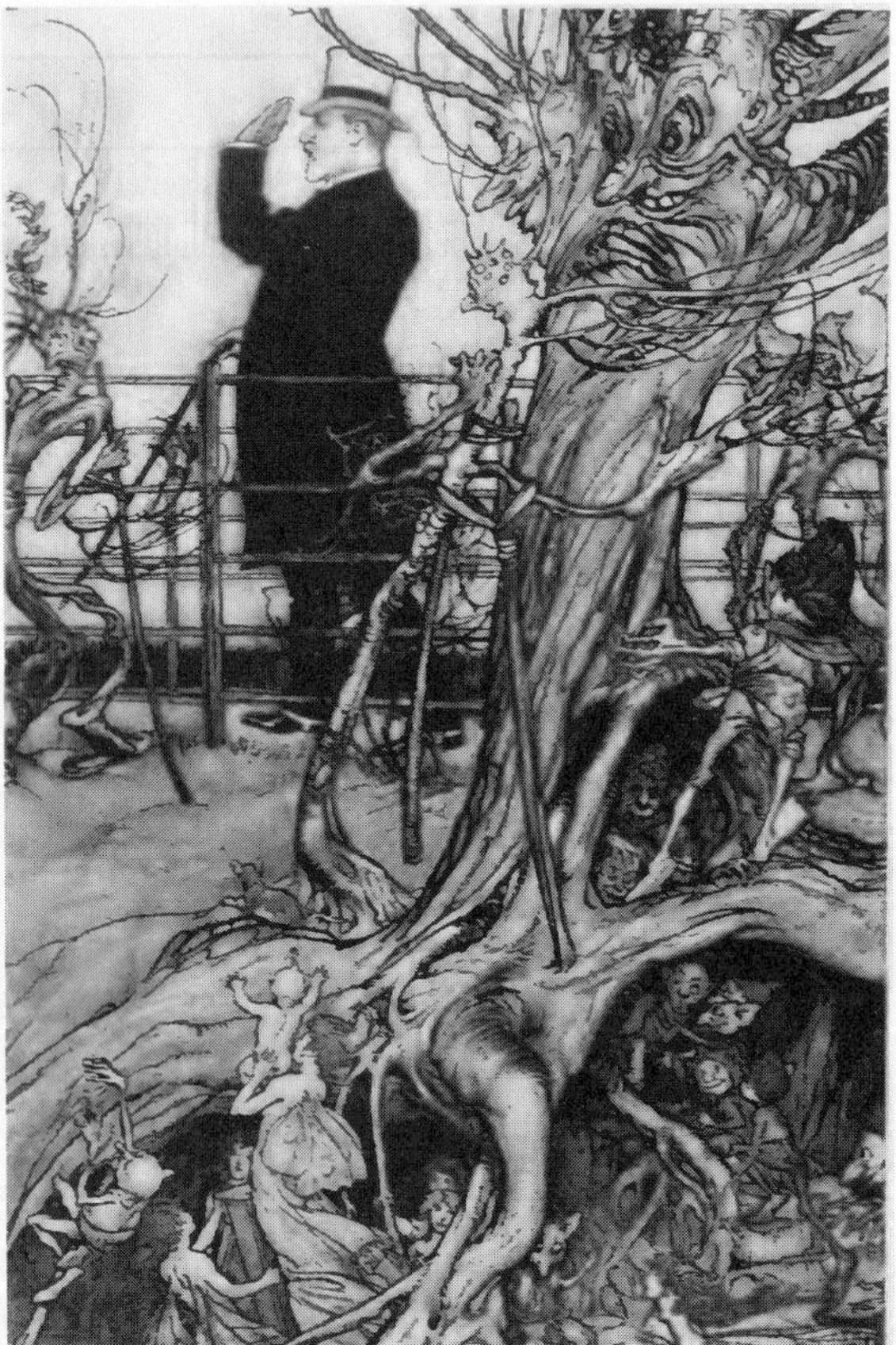

ケンジントン公園は王様が住んでいらっしゃるロンドンにあります。

一　公園大周遊

　これからする話をお聞きになれば、みなさんにもおわかりになるでしょうが、ケンジントン公園のことをよく知らないと、ピーター・パンの冒険についてゆくのは難しいと思います。この公園は王様が住んでいらっしゃるロンドンにあり、わたしは以前毎日のようにデイヴィドを連れて行ったものです――彼が風邪をひいて顔を赤くしている時はべつですが。〝公園〟のすべての場所に行ったことのある子供は誰もいません。すぐに帰る時間が来てしまうからです。すぐに帰る時間が来てしまう理由は、デイヴィドと同じくらい小さな子供ならば、十二時から一時までは眠らなければいけないからです。もしお母さんが、あなたを十二時から一時まで眠らせようと堅《かた》く決めていなかったなら、きっと公園全部を見ることもできるでしょうが。

　公園の片側には、乗り合い馬車が果てしない行列をつくっていますが、子守りはその馬車に対してたいそうな威信を持っているので、どれか一台に向かって指を立てると、馬車はすぐ停まってくれます。そうしたら、あなたを連れて、無事向こう側へ渡るのです。〝公園〟にはいくつも門がありますが、あなたが入って行くのはあの門で、あなたは中へ入る前に、風船を持って門のすぐ外に坐っている女の人に声をかけます。その人は公園の中に入りたくても、それ以上近寄れないのです。なぜなら、もし柵をつかんでいる手を放したならば、風船のために浮き上がって、飛んで行ってしまうからです。女の人は地べたにうずくまるようにして坐っています。それは風船にいつも引っ張られているためで、気張って真っ赤な顔をしています。この人も以前は新米《しんまい》で

した。その前の人が手を放してしまったからです。デイヴィドは前の人をたいそう気の毒に思いましたが、手を放してしまったのなら、その場にいて見たかったと思いました。

公園は途轍《とてつ》もなく広いところで、樹が何百本、何百万本と植わっています。入ると、まず〝おめかし広場〟に出ますが[1]、そんなところには立ちどまりません。〝おめかし広場〟は下々《しもじも》の者と交わることを禁じられている、やんごとないお子様方の遊び場所で、言い伝えによると、かれらが盛装しているためにこの呼び名がついたのだそうです。デイヴィドやほかの英雄たちは、こういうお上品な連中のことも蔑《さげす》んで〝おめかし〟と呼んでいますが、〝公園〟のこのお洒落《しゃれ》な場所の風俗習慣がどんなものかは、ここではクリケットのことをクリケッツ[2]と呼ぶのだと申し上げれば、およそ想像がつ

風船を持って門のすぐ外に坐っている女の人

くでしょう。時折、謀叛人《むほんにん》の〝おめかし〟が塀を乗り越えて世間に出て来ることがあり、メイベル・グレイ嬢はその一人でした。この人のことは、〝メイベル・グレイ嬢の門〟へ行ったら、お話ししましょう。彼女はたった一人の、真に名高い〝おめかし〟でした。

わたしたちは今、〝広　道《ブロード・ウォーク》〟にいます。あなた方のお父さんがあなた方よりも大きいように、この道はほかの道より大きいのです。これだって初めは小さかったものがだんだんと大きくなり、すっかり大人になったのではないかしら、ほかの道はその赤ん坊なのではないかしら――デイヴィドはそう考えて、一枚の絵を描きました。〝広道〟が小さな散歩道を乳母車に乗せて、外の空気を吸わせている絵で、デイヴィドはたいそう面白がってこれを描きました。〝広道〟では、知り合いになる値うちのあるすべての人に出会います。かれらにはたいてい大人が一人付き添っていて、濡れ

1　原語は Figs で、ケンジントン公園内にある子供の遊び場。dress in full fig で盛装する意味になる。

2　クリケットは作者J・M・バリーの愛した競技だが、複数形クリケッツにすると、虫のコオロギの意味になってしまう。

た草の上に上がるのを止めたり、もしもかれらが狂犬になったり、メアリ・アンもどきになったりすると、罰としてベンチのわきに立たせたりします。メアリ・アンもどきというのは女の子のように振舞うことで、子守りが抱いてくれないからとメソメソ泣いたり、親指を口に入れてニヤニヤ笑ったりすることを言うのですが、まことにいやらしい性質です。しかし、狂犬というのは、何でも蹴とばしてしまうことで、それには多少の満足感があります。

もし、〝広道〟を通る間に、著名な場所を全部説明していたら、向こうへ着かないうちに帰る時間が来てしまうでしょうから、わたしはただチェッコ・ヒューレットの[3]木だけを、ステッキで差し示すことにします。それはチェッコという少年が一ペニー硬貨を失《な》くして、探しているうちに二ペンス見つけた、記念すべき場所です。以来、そこではさかんに発掘作業が行われて来ました。道をもっと先へ行くと、マーマデューク・ペリーが隠れていた小さな木造の家があります。〝公園〟には、このマーマデューク・ペリーの話よりもおそろしい話はありません。この少年は三日もつづけてメアリ・アンもどきだったために、妹の服を着て〝広道〟に行けと言いつけられたのです。彼はその小さな木の小屋に隠れ、ポケットのついた半ズボンを持って来てもらうまで、出て来ませんでした。

あなた方は今、〝円池《まるいけ》〟へ行こうとしていますが、子守り女たちはそこが大嫌いです。男のような度胸がないからです。そして、反対側の〝ビッグ・ペニー〟[4]と〝赤ん坊の宮殿〟[5]の方ばかり見せようとします。この赤ん坊というのは、〝公園〟でも一番名高い赤ん坊で、たくさんの人形を持ち、宮殿にたった一人で住んでいました。そして、人々が呼び鈴《りん》を鳴らすと、たとえ六時半だろうと寝床から起きて、蠟燭《ろうそく》をともし、寝間着《ねまき》のまま扉を開けました。すると、人々はみな大喜びして、「英国女王陛下、万歳！」と叫ぶのでした。デイヴィドが一番不思議に思ったのは、赤ん坊がマッチの在処《ありか》をどうやって知ったかということでした。〝ビッグ・ペニー〟はその赤ん坊の彫像です。

それから次に、〝瘤山《こぶやま》〟へさしかかります。これは〝広道〟の一部分で、大きな競

3　チェッコ・ヒューレットはバリーの知人モーリス・ヒューレットの息子。

4　ヴィクトリア女王（一八一九〜一九〇一）の彫像のこと。小さいペニー硬貨にこの女王の肖像が刻印されていたことから、この物語では彫像を「大きなペニー」と呼んでいるのである。

5　ケンジントン宮殿のこと。ヴィクトリア女王はここで生まれ、幼少期をすごした。

走はすべてここで行われます。たとえあなたに走る気持ちがなくても、瘤山へ来ると、つい走ってしまいます。それほど魅惑的な、すべり台のような場所なのです。よく、この坂を半分くらい駆け下りて止まると、迷子《まいご》になっていることがあります。けれども、近くに〝迷子の家〟という、やはり小さな木造の小屋がありますから、そこの人に迷子になったと言えば、あなたをちゃんと見つけてくれます。〝瘤山〟を競走して駆け下りるのは素晴らしい楽しみですが、風の強い日にはあなたはここへ来ないので、できません。けれども、落葉がかわりに駆けっこをしてくれます。落葉ほど遊びを良く楽しむものはありませんからね。

瘤山からは、メイベル・グレイ嬢の名がついた門《もん》が見えます。グレイ嬢は、その人のことをお話しすると約束した〝おめかし〟です。彼女にはいつも二人の子守りか、お母さん一人と子守りが一人付き添っていて、長い間、みんなのお手本になっていました。咳《せき》をする時は、いつもテーブルから顔をよそに向けるし、ほかの〝おめかし〟たちに「ごきげんよう」と言いましたし、彼女のする遊びは、球《たま》を優雅に放《ほう》って、子守りに拾って来させることだけでした。ところが、ある日、彼女はそういうことに飽きてしまって狂犬になり、まず自分が本当に狂犬だということをわからせるため、両方の靴紐《くつひも》をほどくと、東に、西に、北に、南に向かって舌を出しました。それから、飾り帯を水溜《みずたま》りに放り込んで、上着に泥水がはねかかるまで踊りをおどると、塀をよじ登って、信じられない冒険を次々とやりとげましたが、その中でも小さな冒険の一つは、靴を両方とも蹴飛ばしてしまったことでした。しまいに、今自分の名で呼ばれている門まで来ると、外の通りへ駆け出しました。デイヴィドとわたしは、そこの騒音は聞いているけれども、一度も行ったことのない通りです。そして、さらに走りつづけたので、お母さんが乗り合い馬車に跳び乗って追いつかなかったら、行方《ゆくえ》知れずになっていたことでしょう。念のために申し上げておきますが、これは遠い昔に起こったことで、デイヴィドが知っているメイベル・グレイの話ではありません。

〝広道〟の方へ戻って来ると、右手に〝赤ん坊の散歩道〟があります。この道は乳母車で一杯なので、赤ん坊を踏んづけて向こう側へ渡ることもできるでしょうが、子守りたちがそうさせてくれません。この散歩道から、〝頰白《ほおじろ》の親指〟と呼ばれる、本当にそれくらい短い細道が〝ピクニック通り〟へ通じています。そこには本物の湯沸か

6　ケンジントン通りとハイド・パーク・ゲイトに面した The Palace Gate のことを言っている。

しがいくつもあり、お茶を飲んでいると、栗《くり》の花が湯呑《ゆのみ》の中に落ちて来ます。ごく普通の子供たちもここでピクニックをし、花はその子たちの湯呑にも落ちて来るのです。

次に来るのは〝聖《セント》ゴウヴァーの井戸〟です。ここは〝大胆者マルコム〟が落ちた時には、水が一杯でした。マルコムはお母さんのお気に入りで、お母さんは人前でも彼の頸《くび》に腕を巻きつけるのでしたが、未亡人だからと許していました。しかし、彼は冒険にも目がなく、熊を何匹も殺した煙突掃除人と遊ぶのが好きでした。煙突掃除人の名前は〝煤《すす》やん〟といいました。ある日、二人が井戸のそばで遊んでいると、マルコムが井戸に落ちて、危うく溺れそうになったところを、〝煤やん〟が跳び込んで助けました。すると、〝煤やん〟は井戸水で汚れをきれいに洗い落とされ、長い間行方不明だったマルコムのお父さんであることがわかりました。そんなわけで、マルコムはお母さんが頸に腕を巻きつけるのをもう許さなくなりました。

井戸と〝円池〟との間にはクリケット場がありますが、組を分けるのに時間がかかって、クリケットがろくにできないことがしょっちゅうあります。誰でも最初に打ちたがり、アウトになるとすぐ投手になろうとしますが[7]、あなたの方が取っ組み合いが強ければ、話はべつです。そして、あなたが相手と取っ組み合っている間に、野手たちはてんでに散って、何かほかの遊びを始めてしまいます。〝公園〟は二種類のクリケットで知られています。男の子のクリケット——バットを使う本当のクリケット——と、女の子のクリケット——ラケットを使い、女家庭教師がついている——の二種類です。女の子にクリケットなどできるわけがないので、あなた方はかれらの無駄な努力を見る時、おかしな声を立てて冷やかします。ところが、ある日、非常に不愉快な事件が起こりました。何人かの生意気な女の子がデイヴィドのチームに挑戦し、アンジェラ・クレアという不逞《ふてい》な小娘がヨーカー[8]をたくさん投げたものですから——しかし、あの無念な試合の結果をお話しするかわりに、急いで〝円池〟へ行きましょう。この池こそ〝公園〟全体を動かす車輪なのです。

この池が円いのは〝公園〟のまん真ん中にあるからで、ここへ来ると、もうその先

7　もちろん、これはルール違反。

8　クリケットの球種の一つ。打者の足元でバウンドするので、打ちにくい。ヨークシャー・チームの得意技だったことから、この名がある。

へは行きたくなくなります。〝円池〟では、どんなにそうしようと思っても、ずっと良い子にしていることができません。〝広道〟でなら、ずっと良い子にしていられますが、〝円池〟ではだめです。その理由は、良い子にするのを忘れてしまうからで、思い出した時にはもうびしょ濡れになっていますから、もっと濡れてもかまわないのです。〝円池〟にボートを浮かべる人たちがいて、たいそう大きなボートを手押し車に乗せて運んで来ます。乳母車に乗せて来ることもあって、そんな時、赤ん坊は歩かなければなりません。〝公園〟にいる蟹股《がにまた》の子供たちは、お父さんが乳母車を使うために、早くから歩かなければならなかった子供なのです。

あなたはいつでも〝円池〟に浮かべるヨットを欲しがり、けっきょく叔父さんがヨットを買ってくれます。最初の日にそれを池まで持って行くのは嬉しくてならないし、叔父さんのいない子供たちにその話をするのも愉快ですが、そのうちヨットは家に置いて行きたくなります。というのも、錨索《いかりづな》をといて〝円池〟に出て行く船のうちで一番素敵なのは、ステッキ・ボートと呼ばれるもので、これは水に入れて紐《ひも》で引っ張るまでは、むしろステッキのように見えるため、こう呼ばれるのです。あなたが船を引っ張りながら池のまわりを歩くと、甲板《デッキ》を小さな男たちが走りまわり、魔法のように帆が上がって、風を受けるのが見えます。荒れた晩には、堂々としたヨットの知らない安全な港に入れておきます。夜はあっという間にすぎて、お洒落《しゃれ》な船はふたたび順風を受けてゆっくりと進みます。鯨が潮を吹き、船は葬られた街々の上を滑って行き、海賊と出くわし、珊瑚《さんご》の島に錨《いかり》を下ろします。こうしたことが起こっている時、あなたはたった一人です。〝円池〟では、子供が二人一緒にいると、遠くまで冒険に行くことができないからです。あなたは航海の間ずっと自分に話しかけて、命令を出し、それをテキパキと実行するかもしれませんが、家に帰る時間になると、自分がどこへ行ったのか、どんな風が帆をふくらませていたのか、もうわかりません。見つけた宝物は、いわば船倉にしまい込まれてしまい、その倉はたぶん何年ものちに、べつの小さな子供が開けるでしょう。

けれども、あのヨットときては船倉に何も入っていません。昔ヨットを浮かべたからといって、幼い頃のこの遊び場所に戻って来る人がいるでしょうか？　いやしませんよ。思い出の積荷をのせているのはステッキ・ボートです。ヨットは玩具《おもちゃ》で、その持主は真水《まみず》しか知らない船乗りです。ステッキ・ボートは池を行ったり来たりするだけですが、ステッキ・ボートは海へ出てしまいます。君たち、棒を持つヨット乗りたちよ、人々はみんな君たちを見にそこへ来たのだと思っているかもしれないが、君たちの船はこの場所の添え物にすぎず、家鴨《あひる》が乗って沈没してしまっても、〝円池〟の本当の仕事はいつも通りに続けられるであろう。

小径《こみち》がいたるところから、子供のように、この池へ群れ集まって来ます。あるものは普通の小径で、両側に柵があり、上着を脱いだ人たちがつくったものですが、あるものはさすらいの旅人で、場所によっては広いけれども、べつの場所はたいそう狭く、跨《また》いで立つことができるほどです。こういうのは〝自分をつくった小径〟と呼ばれていて、デイヴィドは道が自分をつくるところを見たがりました。しかし、〝公園〟で起こるたいていの素晴らしいことと同様、それは夜、門が閉まったあとに行われるのだ、とわたしたちは結論しました。また、小径が自分をつくるのは、そうしなければ〝円池〟へ行けないからだという結論にも達しました。

こうした流浪《るろう》の小径の一つは、羊が毛を刈ってもらう場所から来ています。聞くところによると、デイヴィドは床屋で巻毛を切ってもらった時、声を震わせもしないで巻毛にさよならを言ったそうです――お母さんはそれ以来、前のように明るい元気な人ではなくなってしまいましたが。だから、彼は羊が毛を刈る人から逃げるのを軽蔑し、嘲《あざけ》って呼びかけるのです。「弱虫、弱虫、弱っちい！」と。それでも、刈り手が股《また》の間に羊をはさんでつかまえると、デイヴィドはそんなに大きな剪《はさみ》を使うのはひどいといって、その人に向かって拳を振り上げます。それからまたハッとするのは、刈り手が羊の肩から汚れた毛をめくり取ると、羊が急に、劇場の一等席にいる貴婦人のように見える時です。羊たちは毛を刈られてすっかり怯《おび》えてしまい、真っ白な、痩《や》せ細った姿になります。放たれると、すぐに草を食べはじめますが、その様子は、自分にはもう食べる資格がなくなったのではないかと心配しているようです。あんなに変わってしまって、羊はお互いの見分けがつくのかしらとデイヴィドは思います――相手を間違えて喧嘩《けんか》するのではないか、と。連中は喧嘩好きで田舎の羊とは全然ちがうため、毎年わたしのセント・バーナード犬、ポルトスをびっくりさせます。田舎なら、ポルトスがやって来たぞと一声吠えるだけで、野原一面の羊がみんな逃げ出すのですが、こういう街の羊は、慇懃《いんぎん》にもてなそうという気《け》ぶりもなしに向かって来ます。そうすると、ポルトスは去年のことをハッと思い出します。彼は威厳をもって引き下がることもできず、立ちどまって、あたりの景色に見惚《みと》れるように、あっちを見たりこっちを見たりして、やがて何くわぬふうを装《よそお》い、横目でチラリとわたしを見ながら、ゆっくりと立ち去るのです。

〝蛇形池〟はこのあたりから始まります。これはきれいな湖で、底に森が沈んでいます。縁《ふち》からのぞき込むと、樹々がみんなさかさまに生えているのが見えますし、夜になると、その中に星も溺れているという話です。もしもそうなら、〝鶇《つぐみ》の巣〟に乗って湖を渡る時、ピーター・パンはそれを見ているでしょう。〝蛇形池〟は小さな一部分だけが〝公園〟の中にあって、少し行くと、橋の下をくぐり、遠い彼方《かなた》へつづいています。その先には島があり、そこで男や女の赤ん坊になるすべての鳥が生まれます。人間は誰も、ピーター・パン以外は（彼も半分しか人間ではありません）この島に上陸できませんが、紙にどんな赤ん坊が欲しいか（男の子でも女の子でも、黒髪でも金髪で

も）を書いて、船の形に折り、そっと水に浮かべれば、日が暮れてからピーター・パンの島へとどきます。

わたしたちはもう家へ帰るところですが、もちろん、一日にこんなにたくさんの場所をまわれるというのは、つくりごとにすぎません。わたしはとっくの昔にデイヴィドを抱いて、年老《としと》ったソルフォードさんのように、ベンチというベンチで休まなければならなかったでしょう。ソルフォードさんというのはわたしたちがつけた呼び名で、この人はいつも、自分が生まれたソルフォードという美しい場所の話をするからです。気難し屋の老紳士で、一日中〝公園〟のベンチからベンチへさまよい、ソルフォードの町を知っている人を見つけようとしていました。この人と知り合って一年あまり経ってから、わたしたちは以前、土曜日から月曜日までソルフォードにいたことのある、もう一人の寂しいお年寄りに出会ったのです。その人はおとなしく、内気で、帽子の裏に自分の所番地を書いた紙を入れておき、ロンドンのどんな場所を探すにも、

9　サーペンタイン池。「サーペンタイン Serpentine」は「蛇のような」という意味の形容詞である。

ソルフォードさんは気難し屋の老紳士で、一日中〝公園〟の中をさまよっていました。

まず最初の出発点として、ウェストミンスター大寺院へ行くのでした。わたしたちは鼻高々で、この人をソルフォードさんのところへ連れて行くと、土曜日から月曜日までの話をしました。その時、ソルフォードさんがどんなに嬉しそうにこの人に跳びついたか、わたしはけして忘れないでしょう。二人はそれ以来仲良しで、むろん、おしゃべりをするのはたいがいソルフォードさんの方ですが、しゃべりながら、もう一人の老人の上着をきつく握りしめているのです。

わたしたちの門へ来る前に、もう二つの場所があります。〝犬の墓地〟と頭青花鶏《ずあおあとり》の巣ですが、ポルトスがいつも一緒にいるので、わたしたちは〝犬の墓地〟とは何か知らないふりをします。巣はたいそう悲しいのです。真っ白くて、それを見つけたいきさつも素敵でした。デイヴィドが毛糸のボールを失《な》くしたので、藪《やぶ》の中を探していると、ボールのかわりに、毛糸でできたきれいな鳥の巣を見つけました。卵が四つ入っていて、殻にデイヴィドが書く字のような引っ掻き傷がありましたから、あれはお母さんが卵の中にいる子供に書いた愛の手紙だったにちがいないと思います。わたしたちは〝公園〟へ行く日はいつも、ほかの残酷な子供に見られないように気をつけて、この巣を訪れ、パン屑を撒《ま》きました。鳥はすぐにわたしたちを友達とみとめて、巣に坐ったまま両肩を上げて優しげにこちらを見ていました。ところが、ある日行ってみると、巣には卵が二つしかなく、その次に行った時はなくなっていました。一番悲しかったのは、かわいそうな小さな花鶏《あとり》が藪を飛びまわりながら、咎《とが》めるようにわたしたちを見ていたことです。わたしたちがやったのだと思っていたのです。デイヴィドは説明しようとしましたが、鳥の言葉を長いことしゃべっていなかったので、母鳥には通じなかったようです。デイヴィドとわたしはその日、泣きべそをかきながら〝公園〟を去ったのでした。

二　ピーター・パン

子供の頃、ピーター・パンのことを知っていましたかとお母さんにたずねたら、お母さんは言うでしょう。「ええ、もちろん、知っていたわよ」ピーターはその頃も山羊の背に乗っていましたかとたずねたら、お母さんは言うでしょう。「何て馬鹿なことをきくの。乗っていましたとも」それから、もしお祖母《ばあ》さんに、娘の頃、ピーター・パンのことを知っていましたかとたずねたら、お祖母さんもきっと言います。「ええ、もちろん、知っていたわよ」ですが、もしピーターはその頃も山羊に乗っていましたかとたずねたら、ピーターが山羊を持っているなんて、聞いたことがないと言うのです。ことによると、忘れてしまったのかもしれません。時々あなたの名前を忘れて、「ミルドレッド」とお母さんの名前で呼ぶように。けれども、山羊のように大事なことを忘れるはずはありませんから、お祖母さんが小さい女の子だった頃、山羊はまだいなかったのです。このことからわかるように、ピーター・パンの物語をする時（たいていの人はそうしますが）山羊の話から始めるのは、チョッキを着る前に上着を着るのと同じくらい馬鹿げたことなのです。

もちろん、このことからはピーターがたいそう年を老《と》っていることもわかりますが、本当はいつも同じ年齢《とし》なので、それはどうだってかまいません。ピーターの年齢は生後一週間で、生まれたのはずいぶん昔ですけれども、一度も誕生日を迎えたことがありませんし、この先迎えることもありません。なぜなら、彼は生まれてから七日目に、人間になることを逃《のが》れたからです。窓から逃げて、ケンジントン公園へ飛んで帰ったのです。

逃げようとした赤ん坊はピーターだけだなどとお考えになるなら、あなたは御自分の小さい頃をすっかり忘れてしまったのです。デイヴィドはこの話を初めて聞いた時、逃げようとしたことなどないと信じていましたけれども、わたしは両手をこめかみにあてて、昔のことを一生懸命考えてごらん、と言いました。言われた通り一生懸命、ただひたすら考えたところ、彼は小さい頃、梢《こずえ》に戻りたかったことをはっきりと思い出し、それとともにほかの記憶も蘇って来ました。ベッドに寝ながら、お母さんが眠ったらすぐに逃げ出そうとたくらんでいたことや、ある時、煙突を半分までのぼって、お母さんにつかまったことなどが。子供はみんな、両手できつくこめかみを押せば、そういうことを思い出せるはずです。というのも、人間になる前は鳥だったので、自然最初の二、三週間は少しやんちゃですし、翼が生えていた肩のあたりが、ひどくむずむずするのですから。デイヴィドはそうわたしに言います。

ここで、わたしたちがどんな風にお話をつくり上げるかを申し上げておかなければいけません。それはこんなやり方です。まず最初にわたしがデイヴィドに話をします。それから、デイヴィドがわたしに話すのですが、まったくちがう話をする約束になっています。それからわたしが、デイヴィドのつけ足した部分も含めてもう一度語りなおし、そんなことを何べんも繰り返して、デイヴィドの話なのか、わたしの話なのか、わからなくなってしまうまでつづけます。たとえば、このピーター・パンのお話では、地《じ》の文と道徳的な感想の大部分がわたしのものです。全部が、ではありません。このデイヴィドという男の子は厳格な道徳家になることもできるからです。けれども、鳥だった時の赤ん坊の癖や習慣に関する面白い話は、おおむねデイヴィドがこめかみに手を押しあてて、一生懸命に考えて思い出したことです。

さて、ピーター・パンは窓から外に出ました。その窓には格子が嵌《は》まっていませんでした。窓台に立つと、はるか遠くの樹々が見えて、それはまちがいなくケンジントン公園でした。それを見たとたん、ピーターは、自分が今は寝間着《ねまき》を着た小さい男の子であることを忘れてしまい、家々の上を越えて、〝公園〟へ飛んで行きました。翼もないのに飛べたのは不思議ですが、肩のあたりがおそろしくむずむずしましたし、それに――それに――たぶん、わたしたちも、その晩の勇気あるピーター・パンのように、自分の能力《ちから》をとことん信じ込めば、みんな飛べるのかもしれません。

ピーターは〝赤ん坊の宮殿〟と〝蛇形池〟との間の、ひらけた草地に元気良く降り立ちました。それから最初にしたのは、仰向けに寝て、足を蹴ることでした。自分が人間だったことをもう忘れてしまって、姿形も昔と同じ鳥なのだと思っていましたから、飛んでいる虫をつかまえようとした時、しくじったのは手でつかもうとしたからだと――もちろん、鳥はけしてそんなことをしません――いうことも理解できませんでした。けれども、もう〝閉め出しの時間〟をすぎているのはわかりました。あたりに妖精が大勢いたからです。もっとも、みんな忙しくて、ピーターには気づきませんでした。妖精たちは朝食の支度《したく》をしており、牛の乳をしぼったり、水を汲《く》んだりしていました。水桶を見ると、ピーターは喉が渇いて来たので、水を飲みに〝円池〟へ飛んで行きました。かがみ込んで、池に嘴《くちばし》をひたしました。嘴だと思ったのですが、それはもちろん鼻だったので、水はほとんど吸えませんでしたし、いつものように美味しくありませんでした。そこで、今度は水たまりへ行って、ポチャンと飛び込んでみました。本当の鳥がポチャンと飛び込む時は、羽をひろげ、嘴で羽をつついて乾かすのですが、ピーターはどうすれば良いか忘れてしまったので、少し不機嫌になり、〝赤ん坊の散歩道〟に生えている枝垂《しだ》れ橅《ぶな》の木へ寝に行くことにしました。

初めのうちは、枝の上で身体の釣り合いをとるのに少し苦労しましたが、そのうちこつを思い出して、眠りにつきました。目が醒めたのは夜明けよりも大分前で、ふるえながら独り言《ごと》を言いました。「こんなに寒い夜、外へ出たことはなかったなあ」本当は、鳥だった頃、もっと寒い夜に外へ出たことがあったのですが、もちろん、どなたも御存知の通り、鳥には暖かく思われる夜でも、寝間着姿の子供には寒い夜なのです。ピーターはまた頭の中が詰まったような、妙な不愉快さを感じました。大きな音がしたので、ハッとふり返りましたが、じつは自分がくしゃみをしたのでした。何か欲しくてたまらないものがあって、それが欲しいということはわかっていましたが、何なのか思いつきませんでした。ピーターがそんなにも欲しがっていたのは、鼻をちんとかんでくれるお母さんだったのですが、どうしてもそのことに気づかなかったので、妖精たちに教えてもらうことにしました。妖精は物知りだという評判ですから。

二人の妖精が、お互いの腰に腕をまわして、〝赤ん坊の散歩道〟をぶらぶら歩いていましたので、ピーターはぴょんとそちらへ降りて行って、声をかけました。妖精は鳥と喧嘩をしますが、丁寧な質問には丁寧に答えるのが普通です。だから、この二人が彼を見たとたん逃げ出したのに、ピーターはすっかり腹を立てました。もう一人の妖精は庭椅子にだらりと凭《もた》れかかって、誰か人間が落とした郵便切手を読んでいましたが、ピーターの声を聞くと、びっくりしてチューリップの蔭にさっと隠れました。

出会ったどの妖精も逃げてしまうので、ピーターは途方に暮れました。茸《きのこ》を鋸《のこぎり》で切り倒していた職人の群れは、道具を置きっぱなしにして大慌《おおあわ》てで逃げ去りました。乳しぼりの女は桶を引っくり返して、その中に隠れました。たちまち〝公園〟中が大騒ぎになりました。大勢の妖精たちがあっちこっち駆けまわり、こわがっているのは誰だと勇ましげに言い合うのでした。明かりは消え、扉には防寨《ぼうさい》が築かれ、マブ女王の宮殿の庭からは太鼓のどんどん鳴る音が聞こえて来て、近衛兵が召集されたことが

ピーターの声を聞くと、びっくりしてチューリップの蔭にさっと隠れました。

わかりました。槍騎兵の一連隊が〝広道〟を進撃して来ました。ぎざぎざな柊《ひいらぎ》の葉を武器にして、すれちがいざまに敵をひどく引っ掻くのです。〝閉め出しの時間〟をすぎたのに、〝公園〟に人間がいるぞ——小さい人たちはいたるところでそう叫んでいましたが、ピーターは自分がその人間だとは考えてもみませんでした。頭の中がますます詰まって来た感じがして、鼻をどうすればいいんだろうといっそう切実に思いましたが、この大問題をかかえて妖精たちを追いかけても無駄でした。臆病な生き物たちは彼から逃げてしまい、槍騎兵ですら、ピーターが〝瘤山〟をのぼって近づいて来ると、わき道にピーターの姿が見えたという口実で、素早くそちらへ駆け込んでしまいました。

ピーターは妖精たちに失望し、鳥と相談することにしましたが、枝垂《しだ》れ橅《ぶな》の木にいた鳥は、奇妙なことに、ピーターがそこに止まると、みんな飛んで行ってしまったのを思い出しました。その時は気にしませんでしたが、今になってその意味がわかりました。すべての生き物が彼を避けているのです。かわいそうな、小さいピーター・パン！　彼は坐って泣きだしましたが、この時も、鳥にしてはおかしな坐り方をしていることを知りませんでした。知らなかったのは幸いです。さもなければ、自分の飛ぶ力を信じられなくなってしまったでしょうし、飛べるかどうかを疑ったとたん、もう永久に飛べなくなってしまうからです。鳥が飛べて、わたしたちが飛べない理由は、ただ鳥たちが完全な信念を持っているということだけなのです。信念を持つことは翼を持つことですから。

ところで、空を飛ばなければ、誰も〝蛇形池〟の島へ行くことはできません。人間のボートはそこに上陸することを禁じられていますし、島のまわりには、水の中に何本も杭が立っていて、その一つ一つに、鳥の番兵が昼も夜も坐っているからです。ピーターは今、自分の奇妙な身の上をソロモン・コー老人に聞いてもらうため、この島へ飛んで行きました。そこに降り立つと、やっと故郷《ふるさと》へ——鳥はこの島を故郷と呼ぶのです——帰って来たと思って、ホッとしました。鳥はみんな、番兵も含めて、眠っていましたが、ソロモンだけは身体の片側がはっきりと目醒めていて、ピーターの冒険談を静かに聴くと、その本当の意味を教えました。

「わしの言うことが信じられないなら、おまえの寝間着を見ろ」とソロモンは言いました。ピーターは目を凝《こ》らして寝間着を見、それから眠っている鳥たちを見ました。どの鳥も、何も着ていませんでした。

自分の奇妙な身の上をソロモン・コー老人に聞いてもらいました。

「おまえの足の指に親指はいくつある？」ソロモンは少し残酷にそう言いました。驚いたことに、ピーターの足の指は五本とも、人差し指や中指のようでした。この衝撃はあまりにも大きくて、風邪《かぜ》もとんで行ってしまいました。

「羽根を逆立ててみろ」けわしい顔のソロモン老人は言いました。ピーターは必死になって羽根を逆立てようとしましたが、羽根は生えていませんでした。それでピーターはふるえながら立ち上がり、家の窓台に立ってから初めて、自分をたいそう可愛がってくれた女の人を思い出しました。

「僕、お母さんのところへ帰った方がいいみたい」ピーターはおそるおそる言いました。

「達者でな」ソロモン・コーは変な顔をして、こたえました。

けれども、ピーターはためらっていました。「どうして行かないんだね？」と老人は丁寧にたずねました。

「僕は」ピーターはしゃがれ声で言いました。「僕はまだ飛べるよね？」

ごらんの通り、彼は信念を失ってしまったのです。

「かわいそうな半《はん》ちく小僧」本当は無情ではないソロモンは言いました。「おまえはもう二度と飛べんよ。風の吹く日でもな。この島にいつまでも暮らさねばならんのだ」

「ケンジントン公園へも、もう行けないの？」ピーターは悲痛にたずねました。

「どうやって向こうへ渡るんだ？」とソロモンは言いました。それでも、彼はピーターに鳥の暮らし方をできるだけ——ピーターのように無格好《ぶかっこう》な者にもおぼえられるだけ教えてやろう、と親切に約束してくれました。

「それじゃあ、僕は本当の人間にはなれないの？」とピーターはたずねました。

「なれんな」

「本当の鳥にも？」

「なれんな」

「僕は何になるの？」

「〝どっちつかず〟になるのさ」ソロモンはそう言いましたが、たしかに賢い年寄りでした。ピーターはその通りになったのですから。

島の鳥はけしてピーターに馴《な》れませんでした。彼の様子が変だといって、それがいちいち目新しいことでもあるかのように、毎日可笑《おか》しがるのでしたが、じつは、新しく生まれて来るのは鳥たちの方だったのです。かれらは日々卵から孵《かえ》ると、さっそくピーターを笑いました。それから、じきに飛んで行って人間になってしまい、またほかの鳥が卵から孵る、ということがいつまでも続いたのです。ずるい母鳥たちは、卵を抱いているのに飽きて来ると、ピーターが顔を洗ったり、飲んだり、食べたりしているのを今なら見られるよ、とささやきかけて、子供たちに予定よりも一日早く殻を破らせてしまうのでした。毎日何千羽という鳥が、ピーターのすることを見に集まって来ました。ちょうど、みなさんが孔雀を御覧になるようなもので、自分の投げたパン屑を、ピーターがふつうに口で拾うのではなく、手で拾い上げると、喜んでキャアキャア言うのでした。ソロモンの命令によって、ピーターの食べ物は、すべて鳥が〝公園〟から運んで来ました。ピーターは蚯蚓《みみず》も虫も食べないので（何て馬鹿なんだろうと鳥たちは思いました）、パンを嘴にくわえて来たのです。ですから、みなさんは鳥が大きなパン屑をくわえて飛んで行くと、「食いしん坊！　食いしん坊！」と叫びますが、それは良くないことがおわかりになったでしょう。鳥はきっとピーター・パンのところへ、パン屑を持って行くのでしょうから。

ピーターはもう寝間着を着ていませんでした。じつは、鳥が巣の内張りをするのに寝間着の切れを少しくださいと年中ねだり、気立ての良いピーターは断ることができなかったのです。そのため、ソロモンの忠告で、寝間着の残りを隠してしまいました。それで、今は真っ裸《ぱだか》になりましたが、寒がっているとか、不幸せだなどとお考えになってはいけません。彼はふだんたいそう幸せで、陽気でした。その理由は、ソロモンが約束通り、鳥の暮らし方をいろいろ教えてくれたからです。たとえば、ちょっとしたことで喜ぶとか、いつも本気で何かをしているとか、自分がしていることは何でも、非常に大切なことだと考えるとかです。ピーターは鳥の巣作りを手伝うのがたいそう上手になりました。すぐに森鳩《もりばと》よりは巧《うま》くつくれるようになり、黒歌鳥《くろうたどり》と同じくらいの腕前になりました。もっとも、花鶏《あとり》を満足させることはけしてできませんでしたが。彼は巣のそばに小さい素敵な水桶をつくり、雛《ひな》のために指で蚯蚓《みみず》を掘りました。また鳥の知識にも深く通じて、東風と西風を匂いで嗅ぎ分けることができ、草の伸びるのを見ることも、虫が木の幹の中を歩きまわるのを聞くこともできるようになりました。けれども、ソロモンが教えてくれた一番良いことは、楽しい心の持ち方でした。鳥はみんな、あなたが巣から卵を盗まない限り、楽しい心を持っています。ソロモンが知っているのはそういう心だけでしたから、ピーターにその心の持ち方を容易に教えることができたのです。

ピーターの心はたいそう楽しかったので、鳥が嬉しくて歌うように、一日中歌っていたいと思いましたが、一部分は人間なので、楽器が必要でした。そこで葦笛《あしぶえ》をつくり、夕方、島の岸に坐って、風のざわめきや水の小波《さざなみ》を真似、月の光をつかみとって、そうしたものを全部笛に入れて、たいそう美しい曲を吹くのでした。それには鳥たちもだまされて、こう言い合いました。「あれは魚が水の中で跳ねているんだろうか？それとも、跳ねる魚をピーターが笛で吹いているんだろうか？」時にピーターが鳥の誕生を奏でると、母鳥たちは巣の中を見まわして、自分が卵を生んだかどうかをたしかめるのでした。あなたがもし〝公園〟の子供だったら、橋のそばに生えている栗の木を御存知のはずです。栗の木のうちで一番早く花を咲かせるのですが、この木がなぜ真っ先に咲くかは、お聞きになったことがないかもしれません。じつはピーターが夏を待ちきれなくて、夏が来た、と笛で吹きます。すると、この栗の木はすぐ近くにあるため、その音《ね》を聞いて、だまされてしまうのです。

けれども、ピーターは岸に坐って、素晴らしい笛の曲を吹いているうち、時々悲しい思いに沈むことがあります。そんな時は笛の音も悲しくなるのですが、悲しい理由は、〝公園〟へ行くことができないからです――〝公園〟は弓形《ゆみなり》の橋の向こうに見えているのに。ピーターはもう二度と本当の人間に戻れないことを知っていて、そんなことは望みませんでしたが、ああ！　ほかの子供のように遊びたいとどんなに願っていたことでしょう。遊ぶには、もちろん、〝公園〟ほど素敵な場所はほかにありません。男の子や女の子がどんな風に遊んでいるか、鳥が報《しら》せを運んで来ると、ピーターの目にはせつない涙が流れるのでした。

どうして泳いで行かなかったのかとお思いになるかもしれません。その理由を申し上げると、ピーターは泳げなかったのです。泳ぎ方を習いたいと思いましたが、この島で泳ぎを知っているのは家鴨だけで、連中はじつに愚かなのです。快く教えてはくれましたが、家鴨たちに言えるのはこれだけでした。「こうやって、水の上に坐るんです。それから、ああやって蹴り出すんですよ」ピーターは何度もやってみましたが、いつも蹴り出す前に沈んでしまいました。彼が本当に知りたかったのは、どうすれば沈まないで水の上に坐れるかでしたが、そんな簡単なことはとても説明できない、と家鴨たちは言いました。時たま白鳥が島に立ち寄ることがあったので、ピーターは自分の一日分の食べ物を白鳥に与えて、水の上に坐るやり方を訊きました。しかし、あの憎らしい連中はもらう物がなくなったとたん、しっ、しっ、と言って、泳いで行ってしまいました。

ある時、ピーターは〝公園〟へ行く方法を見つけたと本当に思いました。逃げ出した新聞紙のような、不思議な白い物が、島の上に高く浮かんで、それから翼の折れた鳥のように、クルクルまわって落ちて来たのです。ピーターはびっくりして隠れましたが、鳥がそれは凧《たこ》にすぎない、凧とはこういうものだ、と教えてくれました。そいつは糸を男の子の手からもぎ取って、飛んで来たにちがいないというのです。ピーターはその凧が大好きになったので、鳥たちは笑いました。彼は凧が好きで好きで、寝る時も片手でさわっているほどでしたが、わたしはこれをかわいそうとも可愛らしいとも思います。ピーターが凧を好きだったのは、それが本当の男の子のものだったからなのでした。

鳥たちには、そんなことはつまらない理由としか思えませんでしたが、年嵩《としかさ》の鳥はこの頃、ピーターに恩を感じていました。ピーターが風疹《ふうしん》にかかったたくさんの雛《ひな》を看病してやったからです。そこで、鳥がどうやって凧を揚げるか、見せてあげましょうと言いだしました。六羽の鳥が糸の端を嘴にくわえ、それを引いて飛び立ちました。

すると、驚いたことに鳰も鳥のあとから飛んで、もっと高いところまで舞い上がったのです。

ピーターは「もう一度やって！」と甲高い声で叫びました。鳥は親切に五、六回やってみせましたが、ピーターはいつも「ありがとう」とお礼を言うかわりに「もう一度やって！」と叫びました。これは、彼が男の子の気持ちをまだ忘れきっていない証拠です。

しまいに、ピーターは勇敢な心に大きな計画を燃え上がらせて、鳥にこう頼みました——鳰の尻尾につかまっているから、もう一度やってちょうだい、と。今度は百羽の鳥が糸を引っ張って飛び立ち、ピーターは尻尾にしがみついて、〝公園〟の上へ来たら飛びおりるつもりでした。ところが、鳰は空中でバラバラになってしまい、ピーターは〝蛇形池〟で溺れそうになったところを、二羽の白鳥につかまって、白鳥たちに怒られながらも、島へ連れて来てもらいました。これ以来、鳥はピーターの狂った企てにもう協力しないと言いました。

それでも、ピーターはシェリーの舟の助けを借りて、ついに〝公園〟へ行ったのです。そのいきさつを今からお話ししましょう。

これ以来、鳥はピーターの狂った企てにもう協力しないと言いました。

三　鶫《つぐみ》の巣

シェリーは若い紳士で、この人がなれる程度には、大人になっていました。彼は詩人でしたが、詩人はけして本当の大人にならないのです。今日要《い》り用な分のほかはお金《かね》を軽蔑する人たちで、彼はその日必要なお金のほかに、五ポンド持っていました。それで、ケンジントン公園を散歩している時、お紙幣《さつ》で紙の舟をつくり、〝蛇形池〟に浮かべました。

紙の舟は夜、島へ着き、見張りがソロモン・コーのところへ持ってきました。ソロモンは最初、例のものだと思いました。女の人からのたよりで、良い子を授けてくださいませと書いてあるのだろう、と。女の人はソロモンのところにいる一番良い子を欲しがります。ソロモンは手紙が気に入れば、Aクラスの子供を贈りますが、手紙を読んで腹が立つと、ひどくおかしな子供を贈ります。まったく贈らないこともあれば、巣に一杯の子供を贈ることもあって、すべてその時の気分次第なのです。ソロモンは一切を自分にまかせてもらうのが好きで、今度は男の子が授かるようにはからってください、などと特別な注文をつけようものなら、また女の子を贈ることは、まず確実です。そして、あなたが御婦人であっても、妹の欲しい小さな男の子であっても、必ず住所をはっきり書かなければいけません。ソロモンがどれだけ多くの赤ん坊を間違った家に贈ったかは、想像もつかないほどです。

　シェリーの舟を開けてみた時、ソロモンはどういうことかさっぱりわけがわからなかったので、助手たちに相談しました。助手たちは紙の上を二回——一度は爪先を外向きに、その次は内向きにして——歩くと、これは子供を五人も欲しがる欲張りな人から来たのだと結論しました。お紙幣《さつ》に大きく五と書いてあったから、そう思ったのです。「とんでもない！」ソロモンはカンカンになって、お札をピーターにくれました。島に流れ着いた役に立たない物は、何でもたいていピーターの玩具《おもちゃ》にくれたのです。

　しかし、ピーターは大切な銀行紙幣で遊んだりしませんでした。普通の子供だった一週間のうちに、物事を良く観察していたので、それが何だったか知っていたからです。お金がこんなにあれば、今度こそ〝公園〟へ行けるにちがいないと考え、あらゆる方法を検討して、一番良いやり方を選ぶことにしました（賢く選んだと思います）。けれども、まず初めに、シェリーの舟の値打ちを鳥に教えなければなりませんでした。鳥は正直なのでお札を取り返そうとはしませんでしたが、苦々しく思っているのがわかりました。かれらは賢さを少し鼻にかけているソロモンを険悪な目つきで見たので、ソロモンは島の端へ飛んで行って、翼で顔を覆い、すっかり気落ちして坐っていました。ところで、この島ではソロモンを味方につけなければ、何もしてもらえないのをピーターは知っていましたから、ソロモンについて行って励《はげ》まそうとしました。

ピーターが有力な老人の歓心《かんしん》を買うためにしたことは、これだけではありませんでした。じつを言うと、ソロモンは一生今の仕事をつづける気はなかったのです。いずれ引退して、〝おめかし広場〟にあるお気に入りの水松《いちい》の切株に住み、達者な余生を遊んで暮らすことを楽しみにしていました。それで何年も前から、靴下にこっそり物を貯めていたのです。それは、誰か水浴びをした人の靴下が島に打ち上げられたもので、わたしが今お話ししている時には、パン屑百八十個と、木の実三十四個、パンの皮十六個、ペン拭《ふ》き一つ、靴紐が一本入っていました。この靴下が一杯になったら、

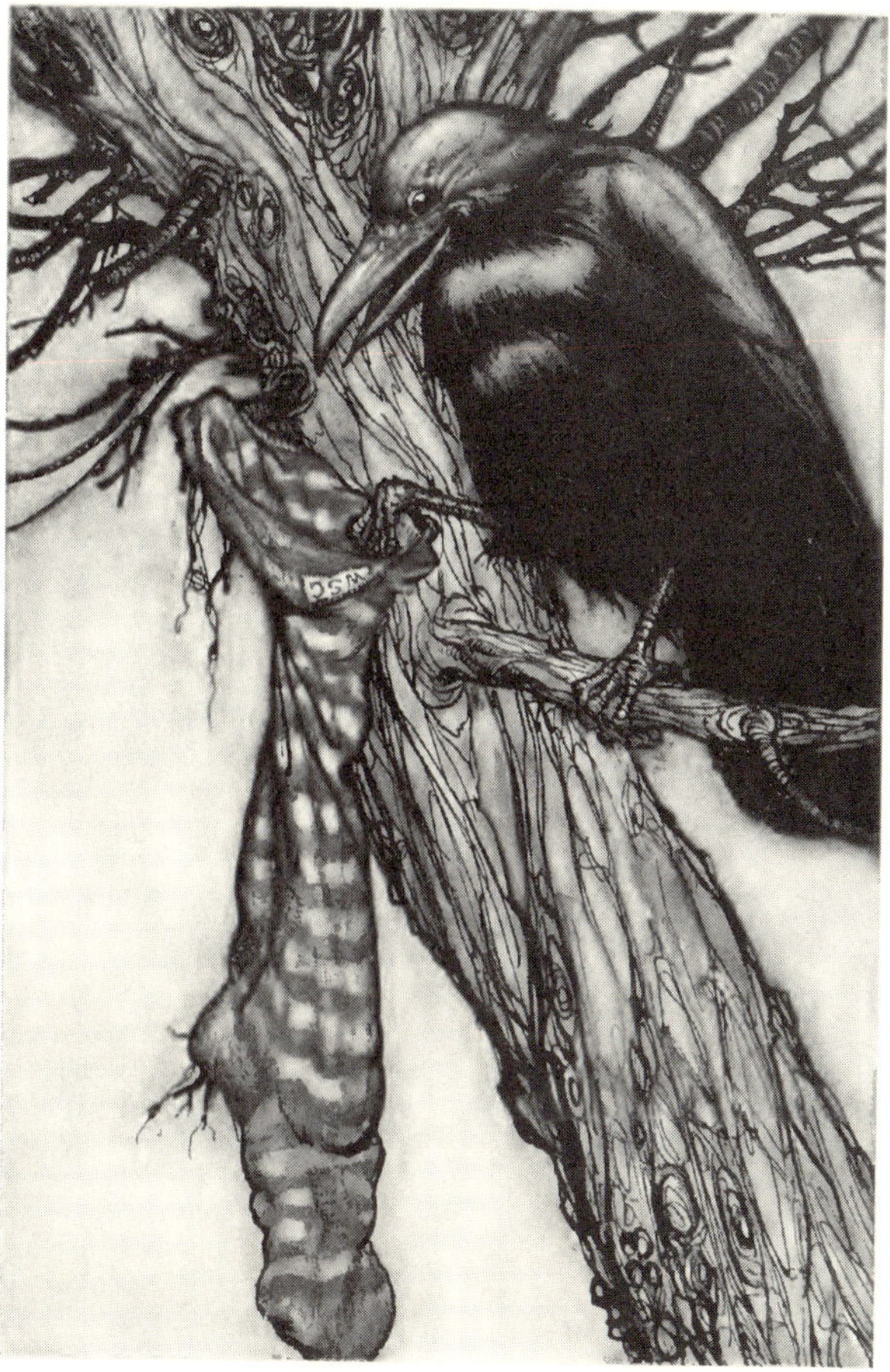

何年も前から、靴下にこっそり物を貯めていたのです。

引退して悠々自適《ゆうゆうじてき》の生活ができる、とソロモンは計算していました。ピーターはそこで彼に一ポンドやりました。尖《とが》った棒で、例の五ポンド札から切り取ったのです。

これ以来ずっとソロモンはピーターの友達となり、二人は相談の末、鶫《つぐみ》を召《よ》びあつめて集会を開きました。なぜ鶫だけが召《よ》ばれたのかは、やがておわかりになるでしょう。

鶫たちに示された計画はピーターが立てたのですが、ソロモンが大部分しゃべっていました。ほかの者がしゃべると、すぐに怒りだしたからです。ソロモンはまず、鶫が巣づくりに見せる優れた手際に前々から感心していると言いました。すると鶫たちは、思った通り、たちまち上機嫌になりました。というのも、鳥たちはいつも、一番良い巣のつくり方をめぐって喧嘩しているからです。ほかの鳥は、とソロモンは言いました——巣の内側に泥を塗らないので、その結果、巣に水を貯《た》めることができない、と。彼はここで、反駁《はんばく》の余地がない名論を用いたと言わんばかりに、つんと頭をそびやかしました。ところが、あいにく花鶏《あとり》のおかみさんが一羽、召《よ》ばれもしないのに集会に来ており、キイキイ声で言いました。「あたくしたちが巣をつくるのは、水を入れるためじゃなくて、卵を入れるためざんすよ」すると鶫たちは喝采《かっさい》をやめ、ソロモンはまごついて、何度も水をすすりました。

「考えてごらんなさい」とソロモンはしまいに言いました。「泥が塗ってあると、巣がいかに暖かいかを」

「考えてごらんなさい」と花鶏のおかみさんは言いました。「水が巣に入った日には、そのまま抜けなくて、子供たちが溺れてしまいますわ」

鶫たちは、何とか言って、こいつをぺしゃんこにしてくれとソロモンに目で頼みましたが、ソロモンはまたまごついていました。

「もう一口お飲みなさいよ」花鶏夫人は小生意気に言いました。ケイトというのが彼女の名前でしたが、ケイトはみんなこまっしゃくれているのです。

ソロモンがもう一口水を飲むと、妙案がひらめきました。「もし」と彼は言いました。「花鶏の巣を〝蛇形池〟に浮かべたら、水で一杯になって、バラバラにくずれてしまう。しかし、鶫の巣はそうやっても、白鳥の背中の凹《くぼ》みのように乾いている」

鶫たちは何と盛大に拍手喝采したことでしょう。かれらは今初めて、巣の内側に泥を塗る理由を知ったのでした。花鶏夫人が「あたくしたちは〝蛇形池〟に巣を浮かべたりしませんし」と叫ぶと、鶫たちは最初にするべきだったことをしました——夫人を集まりから追い払ったのでした。このあと、議事は整然と進みました。諸君を召び集めたのは、このことを聞いてもらうためだ、とソロモンは言いました。諸君も良く知っている通り、若き友ピーター・パンは、〝公園〟へ行きたいと切に願っており、今、諸君の助けを借りて、ボートをつくりたいと言うのである。

これを聞くと、鶇たちはソワソワしはじめたので、ピーターは計画がうまく行かないかと思って、震えました。

ソロモンは急いで説明しました。ピーターがつくろうとしているのは、人間が使う邪魔くさいボートではない。ピーターが乗れるくらい大きな鶇の巣にすぎないのだ、と。

それでも、鶇たちは不機嫌な様子なので、ピーターは気が気ではありませんでした。「わたしらはすごく忙しいんだ」と鶇たちは文句を言いました。「そりゃあ大仕事だぞ」

「いかにも」とソロモンは言いました。「だから、もちろん、ピーターは諸君を無料《ただ》で働かせるつもりはない。おぼえているだろうが、彼は今裕福だから、諸君がいまだかつてもらったことがないほどの給料を払うだろう。わしはピーター・パンから委任されて言うのだが、一日六ペンス払おうではないか」

　すると、鶫たちはみんな喜んで跳び上がり、その日のうちに彼《か》の名高い〝ボートの建造〟が始まりました。普通の仕事はすべてあとまわしになりました。もう雄雌が番《つが》っている季節でしたが、この大きな巣のほかに鶫の巣は一つもつくられなかったので、やがて鶫の数が不足し、ソロモンは、本土からの需《もと》めに応じられなくなりました。肥った、少し食いしん坊の子供で、乳母車に乗っているとたいそう可愛らしいけれども、歩くとすぐに息切れする子供たちは、みんな昔、若い鶫だったのです。女の人はよくそういう子を特別に欲しがるのです。ソロモンはどうしたとお思いになりますか？　彼は方々《ほうぼう》の家の屋根から雀をたくさん連れて来させて、雀たちに古い鶫の巣で卵を孵《かえ》すように命じました。その子供を女の人に贈って、鶫だと言い張ったのです！島では、のちにこの年を〝雀の年〟と言うようになりました。ですから、あなたが〝公園〟で、まるで自分が実際よりも大きいと思っているかのように、鼻息荒く法螺《ほら》を吹いている大人に会ったら、きっと、その年に生まれた人なのです。御当人に訊《き》いてごらんなさい。

　ピーターは公正な親方で、労働者に毎晩給料を払いました。かれらが枝に列をつくって行儀良く待っていると、ピーターはお札から六ペンス分の紙を切り取り、やがて点呼をとります。すると鳥は、名を呼ばれるごとに一羽ずつ飛び下りて来て、六ペンスもらうのです。

数カ月の労苦の末、とうとうボートは完成しました。ああ、それがだんだん大きな鶫の巣に似てくるのを見ている時の、ピーターの喜び方といったら！　彼は建造が始まった時から、ボートのわきで眠り、目醒めると、よく優しい言葉をかけました。内側に泥が塗られて、その泥が乾いたあとは、いつもその中で眠りました。ピーターは今でもこの巣の中で眠り、中で可愛らしく丸まってしまいます。巣はさほど大きくないので、子猫のように丸くならなければ、心地良く寝られないからです。内側はもちろん茶色ですが、外側は草と小枝で編んであるので、おおむね緑色でした。こうした草や小枝が枯れたり折れたりすると、壁はまた葺《ふ》き替えられるのです。あちらこちらに羽根も少しついていますが、それは巣をつくっている時、鶫から抜けたものです。

ほかの鳥たちはひどくやっかんで、あのボートは水の上で平衡《へいこう》が取れないだろうと言いましたが、ボートはいとも見事に、しっかりと水に浮かびました。鳥たちは水が入って来るだろうと言いましたが、水は少しも入りませんでした。すると今度は、鳥たちは言いました――ピーターは櫂《かい》を持っていないじゃないか。それを聞いた鵜たちはあわてて、顔を見合わせました。けれども、ピーターは帆があるから櫂は要らないとこたえ、得意そうな幸せな顔で、帆を出して来ました。それは寝間着からこしらえたもので、今でも少し寝間着に似ていましたが、きれいな帆になりました。その夜、満月が輝き、鳥がみんな眠りにつくと、ピーターは張子舟《はりこぶね》[1]（フランシス・プリティー船長[2]なら、そう呼んだでしょう）に乗って、島から出発しました。最初に、なぜか両手を合わせて空を見上げましたが、その時からピーターの目は西の方に釘《くぎ》づけになっていました。

彼は鵜たちを案内人にして、短い船旅から始めると約束していたのですが、遠くにケンジントン公園が橋の下から手招いているのを見ると、もう待っていられませんでした。顔を赤くして、それでも、けしてうしろをふり返りませんでした。ピーターの

1　柳の枝などを編み、獣皮や油布を張ってつくった舟。フランスやウェールズ、アイルランドで用いられた。
2　エリザベス朝の海軍提督フランシス・ドレイクの部下の一人。『サー・フランシス・ドレイクの名高い南洋航海』（一五七七）の著者。

小さな胸には大きな喜びがあり、恐れを追い払ってしまいました。〝未知なるもの〟と出会うために西へ船出したイギリスの船乗りのうちで、ピーターは勇敢さに於《お》いて劣っていたと言えるでしょうか？

初めのうち、ボートはクルクル回って、出発した場所へ戻ってしまいました。そこで袖《そで》を片方取って帆を短くすると、たちまち逆風に押し戻されて、危ない目に遭《あ》いました。今度は帆を外してみると、遠くの岸へ向かって流されて行きました。そこには黒い影があって、よくわかりませんが、危なっかしいと思ったので、もう一度寝間着の帆を上げ、進路を変えて影から遠ざかって行くと、やがて順風に乗って西へ運ばれましたが、たいそうな速さだったため、橋にたたきつけられそうになりました。それを何とか避《よ》けて、橋の下をくぐると、嬉しいことに、楽しい〝公園〟の全景が見えて来ました。ところが、錨《いかり》を下ろそうとしても――錨は凧糸《たこいと》の端に石を結びつけたものでした――底にとどかないので、そこを離れ、碇泊所《ていはくじょ》を探しました。そうして手探りに進んでいると、暗礁に突きあたって、大きな衝撃のため船から投げ出され、あやうく溺れるところでしたが、何とか船に這い上がりました。すると今度は大嵐が起こり、水は今まで聞いたことのないようなうなり声を上げて、ピーターの身体はあちらへこちらへ揺られ、両手は冷たさのために痺《しび》れて、握ることもできませんでした。この危険を脱すると、ありがたいことに小さな入江へ運ばれ、ボートはそこに無事碇泊しました。

それでもまだ安全ではありませんでした。下船しようとすると、大勢の小さい人々が上陸を阻止しようと岸辺に並んで、ここから去れ、〝閉め出しの時刻〟はとうに過ぎているのだから、と甲高い声で叫んだのです。かれらは柊の葉をさかんに振りまわし、またある者は一団となって、どこかの少年が〝公園〟に忘れていった一本の矢を持って来ました。これを破城槌《はじょうづち》として使おうというのです。

そこで、ピーターは、かれらが妖精だということを知っていましたから、大声で言いました。僕はふつうの人間じゃないし、君たちに不愉快なことをするつもりもない。友達になりたいんだ、と。とはいえ、恰好《かっこう》な港を見つけたので、そこから撤退《てったい》する気はなく、妖精たちが害を加えようとするなら、痛い目にあわせるぞと警告しました。

ピーターはそう言いながら大胆に岸へ跳び下り、妖精たちは彼を殺そうとして群がって来ました。ところが、その時、女たちの間から大きな叫び声が上がりました。

ピーターの帆が赤ん坊の寝間着であることに気づいたからです。すると、女たちはたちまちピーターが好きになってしまい、自分の膝が小さくて彼をのせられないことを嘆きました。これはどうもわたしには説明できません。女はそういうものなのだと申し上げるしかありません。男の妖精は女の知恵を尊重していたので、かれらの振舞いを見ると武器を鞘《さや》に収め、ピーターを女王のもとへうやうやしく案内しました。女王は彼に〝閉門時刻後入園許可〟の恩典を賜《たま》わり、これ以降、ピーターはどこでも好きなところへ行けるようになって、妖精たちは彼をねんごろにもてなすようにとの命令を受けました。

〝公園〟への最初の船旅はこんな風でしたが、話に時々古い言葉が出て来たところをみても、ずっと昔の出来事であることがお察しになれましょう。けれども、ピーターは少しも齢《とし》をとらないので、もしも今夜、わたしたちが橋の下で待ち受けていたなら(もちろん、そんなことはできませんが)、きっと彼が〝鶫の巣〟に乗り、寝間着の帆を掲げて帆走するか、櫂を漕《こ》ぐかして、こちらへ来るのが見られるでしょう。帆走する時は坐っていますが、漕ぐ時は立ち上がります。そのうち、彼がどうやって櫂を手に入れたかをお話ししましょう。

開門時間よりもずっと前に、ピーターはこっそり島へ戻ります。人に見られては困る（それほど人間らしくありませんので）からですが、こうして〝公園〟へ行けるようになったおかげで、遊びの時間ができ、ピーターは本当の子供と同じように遊びます。少なくとも、本人はそう思っているのですが、彼がしばしば全然間違った遊び方をするのは、悲しいことの一つです。

というのも、ピーターには、子供たちが本当はどうやって遊ぶかを教えてくれる人がいません。妖精はみんな夕暮れまで多かれ少なかれ隠れていますから、何も知りませんし、鳥は、いろいろ教えられるようなふりをしていましたが、いざ教える段になると、実際に知っていることは驚くほどわずかでした。かくれんぼについては本当のことを教えてくれて、ピーターは一人でよくその遊びをしましたが、〝円池〟にいる家鴨でさえ、この池がなぜ少年たちをそんなに魅《ひ》きつけるのか説明することはできませんでした。家鴨はいつも晩になると昼間の出来事をみんな忘れてしまって、おぼえているのは、お菓子をいくつ投げてもらったかということだけでした。家鴨は陰気な連中で、近頃のお菓子は、自分たちが若かった頃のものとはちがうと言うのでした。

妖精はみんな夕暮れまで多かれ少なかれ隠れています。

それで、ピーターはいろいろなことを自分で発見しなければなりませんでした。彼はよく〝円池〟でお船ごっこをしましたが、その船は芝生で見つけた輪回しの輪にすぎませんでした。もちろん、ピーターは輪回しの輪を見たことがなく、どうやって遊ぶんだろうと不思議に思い、それがボートであるふりをして遊ぶのだと結論しました。この輪はいつもすぐ沈んでしまいましたが、ピーターは浅い水の中へ取りに行きました。時には池の縁《ふち》をめぐって上機嫌で輪を引きずり、少年たちがする遊び方がわかったと思って、大得意になりました。

またある時は玩具《おもちゃ》の手桶《ておけ》を見つけて、これは中に坐るものだと思い、手桶の中に深く坐り込んで、出られなくなるところでした。それから、風船も見つけました。風船は〝瘤山《こぶやま》〟の上をヒョイヒョイと跳ねまわって、一人遊びをしているようでした。ピーターはそれを夢中で追いかけた末に、つかまえました。けれども、ボールだと思って、鷦鷯《みそさざい》が男の子はボールを蹴ると言っていましたから、蹴ってみたところ、どこにも見えなくなってしまいました。

ピーターが見つけたもののうちで、たぶん一番驚くべきものは、乳母車でした。それは〝妖精女王の冬の宮殿〟（これは七本のヨーロッパ栗が輪になって立っている、その中にあります）の入口近くに生えている、科《しな》の木の下にありました。ピーターは用心深くそれに近づきました。鳥はそんなものがあることを一言も言わなかったからです。生き物だといけないと思い、丁寧に話しかけましたが、返事をしないので、もっと近寄り、こわごわと触ってみました。少し押すと走り出したので、やはり生き物だと思いましたが、逃げて行ったのですから、怖くはありませんでした。それで手を伸ばし、こちらへ引いてみると、今度は向かって来ましたから、ピーターはびっくりして柵を跳び越え、ボートの方へ一目散に走って行きました。けれども、臆病だったなどとお考えになってはいけません。ピーターは翌晩、片手にパンの皮を持ち、片手に棒を持って戻って来たのですから。しかし、乳母車はもうなくなっていて、それっきりほかの乳母車を見ることもありませんでした。わたしはピーターの櫂のこともお話しすると約束しましたね。それは〝聖《セント》ゴウヴァーの井戸〟のそばで見つけた玩具の鋤《すき》だったのですが、ピーターは櫂だと思ったのです。

あなたはピーター・パンがこういう間違いをするのを、かわいそうだとお考えになりますか？　もしもそうなら、それは少し愚かなことだと思います。わたしが言いたいのは、もちろん、時にはかわいそうだと思ってやらなければいけませんが、いつも同情しているのはよけいなお世話だということです。ピーターは〝公園〟で素晴らしく楽しい時間《とき》をすごしたと思いました。そして、楽しいと思うことは、本当に楽しいこととほとんど変わりがないのです。ピーターは休みなしに遊びましたが、あなた方はというと、始終狂犬になったり、メアリ・アンもどきになったりして、時間を無駄にすごしています。ピーターはそのどちらになることもありませんでした。そういうものの話を聞いたことがなかったからですが、だからといって、かわいそうだとお考えになりますか?

ああ、ピーターは愉快でした! たとえていえば、あなたがお父さんよりも愉快なように、あなたよりもずっと愉快でした。時には独楽《こま》のように、ただもう愉快で、おかしくて倒れたのです。あなたはグレイハウンド犬が〝公園〟の柵を跳び越えるのを見たことがありますか? ピーターもあんな風に柵を跳び越えるのです。

それに、ピーターの笛が奏でる音楽のことを考えてください。夜、歩いて家に帰る紳士たちは、〝公園〟で夜啼《よな》き鶯《うぐいす》の声を聞いたと新聞に投書しますが、本当はピーターの笛の音を聞いているのです。もちろん、ピーターにはお母さんがいませんでした——いても、何の役に立ったでしょう! そのことを彼のために悲しんでもかまいませんが、あまり悲しみすぎてはいけません。というのも、ピーターがお母さんのもとへ帰ったいきさつを、次にお話しするつもりだからです。その機会を与えてくれたのは、妖精たちでした。

四　閉め出しの時間

妖精についてたくさんのことを知るのは大変難しく、たった一つ、たしかにわかっているのは、子供がいるところなら、どこにでも妖精がいるということだけです。ずっと昔、子供たちは〝公園〟に入ることを禁じられていて、その時、あそこに妖精は一匹もいませんでした。それから、子供が入園を許されると、もうその晩から、妖精たちは群れをなしてやって来ました。妖精たちは子供のあとについて来ずにいられないのですが、その姿はめったに見られません。昼間は、あなた方が行くことを許されない柵の向こうに住んでいますし、それに、たいそう狡賢《ずるがしこ》いからです。閉門のあとは少しも狡賢くないのですが、閉門までは、それはもう！

あなたも鳥だった頃には妖精のことをかなり良く知っていましたし、赤ん坊のうちは結構おぼえています。それを書き留められないのは、じつに残念です。というのも、あなたはだんだん忘れてしまうからで、妖精なんか一度も見たことがないと断言する子供もいるそうです。もしもケンジントン公園でそう言ったのだとしたら、その子供は、きっと目の前に妖精を見ながら、気づかないで立っていたのでしょう。かれらがだまされてしまった理由は、妖精がほかのものになりすましていたからです。これは妖精たちの得意業《とくいわざ》の一つです。ふだんは花になりすますのですが、それは宮廷が〝妖精の水盤《はち》〟にあって、そこにも、〝赤ん坊の散歩道〟にも花がたくさん咲いており、一番人目を引かないのは花だからなのです。妖精は花そっくりの服をまとい、季節によって衣替えします。百合が流行の時は白い服を着て、ブルーベルが流行の時は青い服を着る、という具合に。少し色の好き嫌いがあって、クロッカスやヒヤシンスの咲く時が一番好きですが、チューリップは（妖精の揺籠《ゆりかご》である白いチューリップはべつとして）派手すぎると思っています。ですから、チューリップに似た服を着るのを幾日も先延ばしすることがあるため、チューリップの咲く週の初めは、妖精をつかまえるのに最適の時季《じき》と言って良いのです。

あなたが見ていないと思うと、妖精たちはかなり元気に跳ねまわりますが、もしもあなたが見ていて、隠れる時間《ひま》がないと思うと、ピタリと立ちどまって花のふりをします。それから、あなたが妖精と気づかずに行ってしまうと、大急ぎで家《うち》へ帰り、こんな冒険をしたとお母さんに話します。おぼえておいででしょうが、〝妖精の水盤《はち》〟は全体が連銭草《かきどおし》（妖精たちはそれでひまし油をつくります）におおわれていて、ところどころに花が咲いています。大部分は本当の花なのですが、いくつかは妖精です。はっきり見きわめることはできませんが、一つの良い方法は、そっぽを向いて通りかかり、それから急にふり向くことです。もう一つの良い方法は、デイヴィドとわたしは時々やるのですが、とことん見つめつづけることです。長い時間が経つと、妖精は瞬《まばた》きせずにいられないので、その時、妖精だということがはっきりとわかります。

〝赤ん坊の散歩道〟にも妖精はたくさんいて、この道は〝上品な場所〟として有名です。妖精がよく出るところをそう言うのです。ある時、二十四匹の妖精が尋常《ただ》ならぬ冒険をしました。女の先生と散歩に出て来た女学校の生徒たちで、みんなヒヤシンスの上着をまとっていました。すると、突然先生が指を口にあてたので、みんなは空《から》っぽの花壇の上にじっと立ちどまり、ヒヤシンスのふりをしました。運の悪いことに、先生が聞いたのは、二人の庭師がその花壇に新しい花を植えに来た音だったのです。庭師たちは手押し車に花をのせて来ましたが、花壇が一杯なのを見て、びっくりしました。「あのヒヤシンスを引っこ抜くのは惜しいなあ」と一人の男が言いました。「公爵様の御命令だ」ともう一人がこたえ、二人は手押し車を空《から》にすると、寄宿学校の生徒たちを掘り起こして、かわいそうに、おびえている娘たちを五列に並べて、車にのせました。もちろん、先生も女の子たちも妖精であることを言ったりはしなかったので、鉢植などを入れておく遠くの小屋へ車で運ばれました。夜になると、靴も履《は》かずにそこから逃げ出しましたが、この一件について親たちの間で大騒動が起こり、学校はつぶれてしまいました。

妖精の家に関していえば、これは探しても無駄です。わたしたちの家とは正反対だからです。わたしたちの家は昼の光では見えますが、暗闇では見えません。ところが、妖精の家は暗闇では見えるけれども、昼の光では見えないのです。というのは、夜の色をしているからで、昼間に夜を見ることができる人の話など、いまだかつて聞いたことがありません。これは黒いという意味ではありません。夜にも昼と同じようにさまざまな色があるのですが、もっとずっと明るい色なのです。その青や赤や緑は、わたしたちの青や赤や緑のうしろに照明を置いたようです。宮殿は全部色とりどりのガラスでつくられていて、あらゆる王宮のうちで一番美しいものですが、女王は時々、平民が自分のしていることを覗《のぞ》くといって、こぼします。妖精たちはまことに物見高い連中で、ガラスに顔をぴったりと押しつけるものですから、鼻がたいてい獅子鼻《ししばな》になっています。街路《とおり》は何マイルもあって、やたらに曲がりくねり、両側に輝く毛糸でできた歩道がついています。以前は鳥が巣づくりのためにその毛糸を盗んだものですが、今は警官が配置されて、毛糸の片端をつかんでいます。

妖精とわたしたちとの大きな違いの一つは、かれらは何も役に立つことをしないという点です。この世に初めて生まれて来た赤ん坊が初めて笑った時、笑い声が割れて無数の欠片《かけら》となり、跳ねまわりながら去って行きました。それが妖精の始まりでした。御存知のように、妖精たちはものすごく忙しくて、ちょっとの閑《ひま》もないように見えますが、何をしているのかとたずねたら、まったく答えられないでしょう。妖精たちはおそろしく無知で、かれらのすることは何でもごまかしです。郵便配達人はいますが、クリスマスに小さい箱を持って来るだけですし[1]、きれいな学校もありますが、そこでは何も教えません。長《ちょう》である一番年下の子供がいつも先生に選ばれ、出席をとると、

1　イギリスでは今日でも、クリスマスの時、諸々の配達人にチップを渡す習慣がある。

みんな外へ散歩に行ってしまって、帰って来ません。これはじつに面白いことですが、妖精の家族では、一番年下の者がつねに長で、たいがい王子や王女になるのです。子供たちはこのことを憶《おぼ》えていて、人間社会でもそうだろうと考えます。だから、お母さんが揺籃《バシネット》[2]にこっそり新しい縁飾《ふちかざ》りをつけているのを見ると、しばしば不安にかられるのです。

あなたはたぶん、ごらんになったでしょう。まだ赤ん坊であるあなたの妹が、お母さんや子守りがして欲しくないと思うことを何でもやりたがるのを——たとえば、坐っていなければいけない時に立ったり、立たなければいけない時に坐っていたり、眠らなければいけない時に起きていたり、一番良い上着を着ている時に床を這《は》ったり、そういうことです。あなたはこれをやんちゃなせいだとお考えでしょう。しかし、そうではありません。赤ん坊は妖精がすることを見て、その真似をしているだけなのです。赤ん坊はまず妖精たちの流儀に従うことから始めるので、人間の流儀になじませるには二年ほどかかります。赤ん坊が時々癇癪《かんしゃく》を起こすのは、見ていても恐ろしいもので、ふつうこれは歯が生えるためだと言われていますが、そうではありません。自分がちゃんとした言葉をしゃべっているのに、わかってもらえないための、当然の怒りなのです。赤ん坊は妖精語をしゃべっているのです。お母さんや子守りが赤ん坊の言うことの意味をほかの人よりも早くわかるのは――たとえば、「グウ」というのは「それを今すぐちょうだい」で、「ワア」は「どうして、そんな変な帽子を被るの？」だとわかるのは、赤ん坊にずっと接しているため、妖精の言葉を少し聞きおぼえるからなのです。

近頃、デイヴィドは両手でこめかみをしっかりとつかみながら、妖精語を思い出そうと頑張っていました。そして、たくさんの文句を思い出しましたから、いつか、わたしが忘れなかったら、みなさんにお教えしましょう。デイヴィドは鶫だった頃に、それを聞いたのでした。彼が思い出しているのは、本当はきっと鳥の言葉だろう、とわたしは言ったのですが、デイヴィドはちがうと言い張ります。そうした文句は遊びや冒険に関することで、鳥は巣づくりのこと以外、何も話さないからだというのです。彼ははっきりおぼえていますが、鳥はあっちこっちへ行って、御婦人方が店屋の飾り窓をのぞくように、さまざまな巣を見ては言ったそうです。「わたし向きの色じゃな

2　原語は basinette で、枝編み細工の揺籠。車輪をつけて乳母車として使われることもある。

いわ、あなた」とか、「あれは柔らかい裏地をつけたら、どうかしら?」とか、「でも、保《も》ちは良くて?」とか、「何ていやな装飾《かざり》なんでしょう」などと。

妖精は素晴らしく踊りが上手です。だから、赤ん坊が真っ先にすることの一つは、踊って欲しいという手ぶりをすることで、踊ってやると、大きな声を上げるのです。妖精たちは野外の妖精の輪というものの中で、大舞踏会を催します。そのあとは何週間も、草の上に輪が残っています。舞踏会の始まる時、輪はまだなくて、妖精たちがグルグルとワルツを踊って、こしらえるのです。時には輪の中に茸《きのこ》が生えていることもありますが、これは妖精の椅子で、召使いが片づけるのを忘れたのです。椅子と輪は、こうした〝小さい人々〟があとに残してゆく唯一の隠しきれないしるしです。かれらは踊りが大好きなため、門が開く瞬間まで踊っていますが、もしそうでなかったら、こうしたものも片づけてしまうでしょう。デイヴィドとわたしは一度、まだ温かい妖精の輪を見つけたことがあります。

けれども、舞踏会が開かれる前に、そのことを知る方法もあります。〝公園〟が今日は何時に閉まるかを告げる掲示板があるのを御存知でしょう。悪戯《いたずら》な妖精たちは、舞踏会の晩になると時々ずるをして、看板を変えてしまいます。たとえば、〝公園〟

悪戯《いたずら》な妖精たちは、舞踏会の晩になると時々ずるをして、看板を変えてしまいます。

が七時ではなく六時半に閉まる、という風に。そうすれば、三十分早く踊りを始められるというわけです。

そんな夜、もしもあの名高いメイミー・マナリングがしたように、〝公園〟に居残っていることができたら、さぞや素晴らしい光景が見られるでしょう。何百という美しい妖精が舞踏会場へ急いでやって来ます。結婚している妖精は腰のまわりに結婚指輪を嵌《は》めています。紳士はみな制服に身をかためて、淑女の衣の裾《すそ》を持ち、行列の先頭を走る松明《たいまつ》持ちは酸漿《ほおずき》を持っていますが、それは妖精の提灯《ちょうちん》なのです。かれらは身回り物預かり所で銀のスリッパを履《は》き、外套や肩掛けの引換え券をもらいます。花々が見物しに〝赤ん坊の散歩道〟から流れ込んで来ますが、妖精たちにピンを貸してやるので、いつでも歓迎されます。夜食のテーブルでは、マブ女王が上座《かみざ》に着き、その椅子のうしろには式部長官が蒲公英《たんぽぽ》を持って控えていて、女王陛下が時刻を知りたい時は、それに息を吹きかけるのです。

テーブル掛けは季節によって異なり、五月には栗の花でつくられます。妖精の召使いのやり方は、こうです――男が何十人も木に登って枝を揺すり、花が雪のように降って来ます。すると、女の召使いがスカートを箒《ほうき》にして、それを掃き集め、テー

女王陛下が時刻を知りたい時

ブル掛けそっくりにするのです。それが、妖精のテーブル掛けのつくり方です。

妖精たちは本物のグラスと三種類の本物のお酒、すなわち橉木《りんぼく》のお酒と小蘗《めぎ》のお酒、九輪桜《くりんざくら》のお酒を出して、女王がそれを注《つ》ぎますが、罎《びん》がたいそう重いため、注ぐ真似をするだけです。御馳走の初めには三ペンス硬貨ほどの大きさのバタつきパンが出て、おしまいにはケーキが出ますが、これは屑もこぼれないほど小さいのです。妖精たちは円く並んだ茸の上に坐っていて、初めのうちはお行儀も良く、テーブルから顔をそむけて咳をするという風ですが、しばらくするとあまり行儀が良くなくなって、古い木の根からつくったバターに指を突っ込み、本当にひどい連中となると、テーブル掛けの上を這いまわって、砂糖やほかの美味しいものをべろを出して追いかけます。女王はそれを見ると、食器を洗って片づけるよう召使いに合図をします。それから、みんなは席を移して、踊りをはじめます。女王が先頭を歩き、式部長官は二つの小さい壺を持って、そのうしろを歩きます。壺の一つには〝壁の花〟[4]の汁が、もう一つには〝ソロモンの封印〟[5]の汁が入っています。〝壁の花〟の汁は、発作を起こして地面に倒れた踊り手を蘇生させるのに効き、〝ソロモンの封印〟の汁は打ち身に効きます。妖精はすぐ打ち身をつくってしまうし、ピーターが曲をだんだん速くすると、発作を起こして倒れるまで踊るのです。というのは、言わなくてもおわかりでしょうが、ピーター・パンは妖精の楽団なのです。彼は輪の真ん中に坐り、妖精たちは近頃、ピーターぬきでお洒落《しゃれ》な舞踏会を開こうなどとは夢にも思いません。どこでも本当に良い家《うち》から出す招待状の隅には、「P・P」と頭文字《かしらもじ》が書いてあります。妖精たちはまた恩義を知る〝小さい人々〟ですから、王女様の成人を祝う舞踏会（妖精は二度目の誕生日に成人し、誕生日は毎月来るのです）で、ピーターの願いをかなえてやりました。

3　蒲公英の綿毛に息を吹きかけ、綿毛を全部飛ばすのに何回息を吹いたかで時刻を決める、という子供の遊びがある。たとえば、三回で全部飛んだら、三時ということにする。
4　原語は wallflower。植物名。和名はニオイアラセイトウだが、「壁の花」にはダンスを申し込まれない若い女性の意味があるので、直訳した。
5　原語は Solomon's seals。アマドコロ属の植物。和名はコナルコユリなどがあてられるが、直訳した。「ソロモンの封印」は二つの三角形を組み合わせた六角形で、魔術的な象徴とされる。伝説によると、ソロモン王はこの封印のついた指輪で悪魔を自由自在に操り、イスラエルの神殿をつくらせたという。

ピーター・パンは妖精の楽団なのです。

それはこういう次第でした。女王がピーターを跪《ひざまず》かせ、美しい音楽を奏でてくれたことの礼に、願いをかなえてやろうと言ったのです。すると、妖精たちはみんな、ピーターの願いとは何なのか聞こうとして、まわりに集まって来ましたが、ピーターは自分でもそれが何かよくわからなかったので、長いことためらっていました。

「もしお母さんのところへ帰ることを望んだら」とピーターはしまいに言いました。

「その願いをかなえてくださいますか？」

さあ、そう言われると妖精たちは困ってしまいました。ピーターがお母さんのところへ帰ったら、音楽がなくなります。それで、女王は馬鹿にしたように鼻を傾けて、言いました。「何を言う！　もっと大きなことを願いなさい」

「これは小さな願いですか？」とピーターはたずねました。

「これくらいの小ささじゃ」女王は手と手を寄せて、答えました。

「大きな願いって、どれくらいですか？」とピーターはききました。

女王はスカートの上でその長さを示しましたが、それはたいそうな長さでした。

すると、ピーターは考え込んで、言いました。「それなら、大きい願いを一つのかわりに、小さい願いを二つかなえていただきたいと思います」

妖精たちは彼の利口さにびっくりしましたが、もちろん、承知せざるを得ませんでした。ピーターは言いました。僕の第一の願いはお母さんのところへ行くことですが、もしもお母さんにがっかりしたら、〝公園〟へ帰って来る権利を認めてください、と。第二の願いはとっておきたい、とも言いました。

妖精たちはピーターを思いとどまらせようとして、邪魔さえもしました。「母の家へ飛んでゆく力を授けることはできるが」と女王は言いました。「そなたのために扉を開けてやることはできぬぞ」

「僕が飛び出して来たあの窓は、きっと開《あ》いています」ピーターは自信を持って言いました。「お母さんは、僕が飛んで帰って来ないかと思って、いつも開けておくんです」

「どうしてわかるんだい?」妖精たちはびっくりしてたずねましたが、実際、ピーターにも、なぜなのか説明できませんでした。

「ただ、わかるだけです」とピーターは言いました。

ピーターがどうしても願いをかなえてくれと言い張るので、妖精たちはそうしてやらなければなりませんでした。妖精たちはこんな風にして、ピーターに飛ぶ力を与えました。みんなでピーターの肩をくすぐると、やがてその部分が妙にむず痒《がゆ》くなり、それから彼は高く、高く舞い上がって、〝公園〟の外に出、家々の屋根の上を飛んで行ったのでした。

じつに気持ちが良かったので、ピーターは自分の家へまっすぐ飛んで行かず、聖《セント》ポール寺院の上をスウッとかすめて、水晶宮《クリスタル・パレス》[6]へ向かって行くと、川とリージェント公園を通って戻って来ました。お母さんの窓辺へ着いた頃には、二番目の願いは鳥になることにしよう、とすっかり決めていました。

窓は、思った通り、大きく開いていて、パタパタと中に飛び込むと、お母さんが横になって眠っていました。ピーターはベッドの足元の木の枠にそっと降りて、お母さんをよく見ました。お母さんは頭を片方の手にのせていて、枕のくぼみが、まるで波打つ茶色い髪の毛を内側に張った鳥の巣のようでした。お母さんはいつも夜の間、髪

6　一八五一年、ロンドン万国博覧会の会場としてハイド・パークに建てられた、鉄骨とガラスでできた建造物。一八五四年にロンドン南郊のシデナムに移築され、娯楽施設として人気をあつめたが、一九三六年に火事で全焼した。

の毛にお休暇《やすみ》を与えるのを、ピーターは長いこと忘れていましたが、今思い出しました。お母さんの寝間着の縁飾りは何と可愛らしいのでしょう！　こんなにきれいなお母さんであることが、ピーターには嬉しくてなりませんでした。

けれども、彼女は悲しそうでした。なぜ悲しそうなのか、ピーターは知っていました。お母さんの片方の腕は、まるで何かを抱きかかえようとするかのように動いていましたが、何を抱きかかえたいのかも、ピーターは知っていました。

「ああ、お母さん！」とピーターは思いました。「今、ベッドの足元の枠に誰が腰かけているか、あなたにわかったらなあ」

彼はお母さんの足のところがほっこり盛り上がっているのを、優しくそっとたたきました。お母さんの顔を見ると、喜んでいるのがわかりました。「お母さん」とほんの小さな声でささやけば、目が醒めることはわかっていました。母親というものは、「お母さん」と呼ぶのがあなたならば、いつでもすぐ目が醒めるのです。そうしたら、お母さんは嬉しそうな声を上げて、ピーターをきつく抱きしめるでしょう。それは彼にとって何と素敵なことでしょう。けれども、ああ！　お母さんにとっては、何という類《たぐい》ない喜びでしょう。どうやら、ピーターはそんな風に思っていたようです。お母さんのもとへ帰ることは、女性にとって一番嬉しい贈り物なのだということを、ピーターは少しも疑いませんでした。自分の男の子がいるほど素晴らしいことはない、とピーターは思いました。お母さんたちは息子をどんなに誇らしく思うでしょう！しかも、それは正しくて、もっともなことなのです。

しかし、なぜピーターはいつまでも枠の上にいるのでしょう？　なぜ、帰って来たよ、とお母さんに言わないのでしょう？

わたしは本当のことを言うのが辛《つら》いのですが、ピーターはそこに坐って、どうするか迷っていたのです。お母さんを恋しそうに見るかと思うと、窓の方も恋しそうに見ました。またお母さんの息子になるのはたしかに楽しいでしょうが、一方、〝公園〟で過ごした時間《とき》は、何という時間《とき》だったことでしょう！　服をまた着るのは、本当に楽しいでしょうか？　ピーターはベッドからヒョイと下りて、昔の服を見るために箪《たん》笥《す》を開けました。服は今もそこにありましたが、どうやって着たか思い出せませんでした。たとえば、靴下です。これは手に嵌《は》めたのでしょうか？　足に穿《は》いたのでしょうか？　ためしに手に嵌めようとしていると、大事件が起こりました。たぶん、抽斗《ひきだし》が軋《きし》ったのでしょう。ともかく、お母さんが目を醒ましたのです。「ピーター」と、まるで人間の言葉のうちで一番きれいな言葉を言うかのように、言うのが聞こえたのです。ピーターは床に坐ったまま息を呑み、帰って来たことがどうしてわかったのだろうと思いました。もし、もう一度「ピーター」と言ったら、「お母さん」と叫んで、駆け寄るつもりでした。しかし、お母さんはもう何も言わず、ただ小さいうめき声を上げて、次に覗き込んだ時には、顔を涙に濡らし、ふたたび眠っていました。

ピーターはひどく惨めな気持ちになりました。それで、真っ先に何をしたとお思いになりますか？　ベッドの足元の枠に腰かけながら、笛でお母さんのために美しい子守唄を吹いたのです。その曲は、お母さんが「ピーター」と言った、その言葉の調子からこしらえたもので、休みなく吹きつづけていると、やがてお母さんは幸せそうな顔になりました。

ピーターは我ながらうまくやったと思ったので、お母さんを起こして、「まあ、ピーター、何て上手に笛を吹くんでしょう！」と言ってもらいたくてたまらなくなりました。けれども、お母さんが今は気持ちが良さそうだったので、また窓を見ました。飛んで行って、二度と帰って来るまい、などと考えていたのではありません。お母さんの息子になることはもう決めていたのですが、今夜からそうするかどうか迷っていたのです。もう一つの願いのことが心を悩ましていました。鳥になりたいと願うつもりはもうありませんでしたが、二番目の願いをかなえてもらわないのはもったいないと思いましたし、そのためにはもちろん、妖精のところへ帰らなければなりません。それに、願いをいつまでも先延ばしにしていると、だめになってしまうかもしれません。ソロモンに別れを言わずに飛んで来たのは、薄情だったのではないかとも思いました。「もう一度だけ、僕のボートに乗りたくてたまらないんだ」ピーターは眠っているお母さんに向かって、せつなそうに言いました。まるで彼女が聞いているかのように、説得をしました。「この冒険のことを鳥に話してやったら、すごく愉快だよ」と甘えるように言いました。「きっと帰って来ると約束するよ」ピーターはおごそかにそう言いましたし、本当にそのつもりでした。

そして結局、ピーターは飛び去ったのです。お母さんにキスをしたくて、二度も窓辺から引き返しましたが、キスをしたら、お母さんは嬉しくて目が醒めてしまわないかと思い、しまいに笛で素敵なキスの曲を吹くと、〝公園〟へ飛んで帰りました。

妖精たちに二番目の願いを言うまでには、幾晩も、いえ、何カ月もかかりましたが、どうしてそんなにぐずぐずしていたのか、わたしにはよくわかりません。一つの理由は、たくさんのさよならを言わなければならなかったことで、特別親しい友達ばかりではなく、たくさんの好きな場所に別れを告げたのです。それから最後の船旅をして、本当に最後の船旅をして、最後の最後の船旅をして、というようなこともありました。またピーターのために送別の宴がたくさん開かれました。それに、もう一つの都合の良い理由は、結局のところ、急ぐ必要はないということでした。お母さんはピーターを待つのに厭《あ》きることはないでしょうから。この最後の理由はソロモン老人の気に入りませんでした。鳥に物事を先延ばしすることを勧めるようなものだったからです。ソロモンは鳥をいつも働かせるため、いくつも優れた標語をつくっていました。たとえば、「明日卵を産めるからといって、今日産むことを延ばすな」とか、「この世に二度目の機会はない」とかいうものです。ところが、ピーターはのほほんと先延ばしをして、それでいて何も困らないのです。鳥たちはこのことを互いに指摘し合い、怠《なま》け癖《ぐせ》がついてしまいました。

けれども、申し上げておきますが、ピーターはお母さんのところへ中々帰らなかったとはいっても、たしかに帰る決心はしていたのです。その一番の証拠は、妖精たちに警戒していたことです。妖精たちはピーターが〝公園〟にとどまり、笛を吹いてくれることを心から望んでいたので、そのために彼を引っかけて、「草がこんなに濡れていなければいいのになあ」などと言わせようとしました。ある者は音楽の拍子に合わない踊り方をしましたが、それはピーターに「拍子に合わせてくれないかなあ」と言わせたかったのです。そう言ったら、それを二番目の願いにしてしまうつもりでした。しかし、ピーターはたくらみに気づいて、時々、「僕は――」と言いかけましたが、いつも手遅れにならないうちにやめました。ですから、とうとう妖精たちに向かって、「僕は今、お母さんのところへ永久に帰ることを願います」と堂々と言った時、妖精たちは仕方なくピーターの肩をくすぐって、行かせてやりました。

ピーターがついに急いで帰ったのは、お母さんが泣いている夢を見たからです。お母さんが泣いて欲しがっているのは何なのかを知っていましたし、素敵なピーターが抱きしめれば、すぐにニッコリすることも知っていました。ああ！　ピーターはきっとそうにちがいないと思い、お母さんの腕の中にもぐり込みたくてたまらなかったので、今回はまっすぐ窓へ、いつも彼のために開いていた窓へ向かって、飛んで行きました。

ところが、窓は閉まっており、鉄の格子が嵌まっていました。中をのぞき込むと、お母さんはべつの小さい男の子を腕に抱いて、すやすやと眠っていました。

ピーターは「お母さん！　お母さん！」と呼びかけましたが、お母さんには聞こえませんでした。鉄の格子に小さな手足をぶつけてみても、無駄でした。ピーターは泣きじゃくりながら〝公園〟へ飛んで戻らねばならず、それっきり二度と、いとしいお母さんに会うことはありませんでした。お母さんのために、世にも素敵な男の子になろうと思っていたのですが！　ああ、ピーター！　わたしたち、大きな誤ちを犯した者は、もしも次の機会があったら、まったく違ったことをするでしょう。けれども、ソロモンは正しかったのです――二度目の機会は、たいていの者にはめぐって来ないのです。わたしたちが窓に着いた時は、もう〝閉め出しの時間〟です。鉄の格子が一生そこをふさいでいるのです。

五　小さい家

　ケンジントン公園の〝小さい家〟のことは、どなたもお聞きになったことがおありでしょう。それは妖精が人間のために建てた世界中でただ一つの家です。けれども、たった三人か四人をのぞいて、本当に見た人はいません。その三人か四人は家を見ただけでなく、その中で眠ったのですし、その中で眠らなければ、けして見えないのです。なぜなら、その家は寝る時にはそこになくて、目が醒めて外へ出る時に、あるからなのです。

　ある種のやり方では、誰でもそれを見ることができますが、見えるのはじつは家ではなく、窓の明かりにすぎません。その明かりは〝閉め出しの時間〟のあとに見えます。たとえば、デイヴィドは、わたしたちがパントマイム[1]を観《み》て家に帰る時、木立のずっと奥にはっきりとそれを見ましたし、オリヴァー・ベイリーはテンプル[2]に——彼のお父さんの仕事場の名前です——うんと遅くまでいた晩に、見ました。アンジェラ・クレアは、歯を抜くと、お店でお茶を御馳走してもらえるので、歯を抜いてもらうのが好きな子供ですが、この子が見たのは一つだけではなく、何百という明かりが集まっているのを見ました。これは妖精が家を建てていたのにちがいありません。かれらは毎晩、そしていつも〝公園〟の違う場所に家を建てるからです。明かりのうちの一つは、ほかの明かりよりも大きかったとアンジェラは思いましたが、あまり自信はありませんでした。明かりはひどく跳ねまわっていたので、大きいのはべつの明かりだったかもしれないからです。けれども、もし同じ明かりだったとすると、それはピーター・パンの明かりだったのです。大勢の子供がその明かりを見ていますから、見ても大したことではありません。しかし、メイミー・マナリングは、この子のために家が初めて建てられたという有名な子供でした。

　メイミーはいつも少し変な女の子で、変になるのは夜なのでした。年齢《とし》は四歳《よっつ》で、昼間はふつうの子供でした。お兄さんのトニーは六歳の素晴らしい男の子で、お兄さんがかまってくれると、メイミーは喜びました。しかるべき尊敬のし方でお兄さんを尊敬し、できもしないのに真似をしようと試み、お兄さんに小突《こづ》きまわされると、怒るよりもかえって得意になるのでした。それに、クリケットで打者になると、ボールが飛んで来たというのに、打つのをやめて、新しい靴を履いているのを指差して見せたりしました。昼間は、まったくふつうの子供でした。

けれども、夜の闇が下りると、威張《いば》り屋のトニーはメイミーを軽蔑《みくだ》すのをやめて、こわごわと妹の顔を盗み見るのでした。それも不思議はありません。暗くなるとともに、メイミーの顔には、横目づかいをするとでも言うよりない表情が忍び込んで来たからです。それは穏やかな表情でもあって、トニーの不安な眼差しとは好対照でした。そうなると、トニーはお気に入りの玩具《おもちゃ》を妹にやり（翌朝になると、必ず取り上げるのでしたが）、妹は薄気味の悪い微笑みを浮かべて、受け取りました。トニーがこんなに御機嫌を取り、妹がこんなに謎めいてきたのは（つまるところ）もうじき寝かされることを知っていたからでした。メイミーが恐ろしいのは、その時なのです。ト

1　パントマイムは普通無言劇を言うが、イギリスでは「ジャックと豆の木」「シンデレラ」など、お伽話を取り入れた子供向きの独自の演劇として発達し、特にクリスマスに演じられる。
2　ロンドンのテンプル教会周辺の地区。古来、法学院が置かれ、法律家が多く住んだ。

ニーは彼女に、今夜はあれをやらないでくれと頼み、お母さんと色の黒い子守り女はメイミーを脅《おど》しましたが、メイミーはただ気味悪くニヤニヤしているだけです。そのうち、終夜灯《しゅうやとう》のついた部屋に二人だけになってしまうと、メイミーは寝床の中でいきなりハッと起き上がって、叫ぶのです。「しっ！　あれは何だったのかしら？」トニーは妹に頼みます。「何でもない――やめてよ、メイミー、やめてよ」そう言って、頭からシーツを引っ被《かぶ》ります。「近づいて来たわ！」と妹は叫びます。「ねえ、見て、トニー！　あなたのベッドを角《つの》で探ってる――あなたの方へだんだん寄って行くわ、ああ、トニー、ああ！」妹がやめないので、しまいにトニーは下着のまま、金切り声をあげて、階下《した》へ駆け下ります。大人たちがメイミーを折檻《せっかん》しに上がって来ると、彼女はたいてい静かに眠っています――寝たふりをしているのではなく、本当に眠っているのです。しかも、世にも可愛らしい小さな天使のような顔をしているのですから、なおさら始末が悪いようです。

けれども、二人が〝公園〟にいるのはもちろん昼間で、その時はたいていトニーがしゃべっていました。その話を聞くと、まことに勇敢な少年であることが察せられ、それをメイミーほど自慢に思っている者はいませんでした。わたしはトニーの妹です、という札をつけて歩きたいくらいでした。そして兄を一番立派だと思うのは、いつか門が閉まったあと、〝公園〟に残っているつもりだと言う時でした。トニーはそれを何度も、素晴らしくきっぱりと言いました。

「まあ、トニー」メイミーは尊敬のあまり畏《かしこ》まって言うのでした。「でも、妖精たちが怒るわ！」

「たぶんね」トニーは無造作《むぞうさ》に答えました。

「もしかすると」メイミーはワクワクして言いました。「ピーター・パンがボートに乗せてくれるかもしれないわ」

「そうさせるさ」とトニーはこたえました。メイミーが兄を自慢に思うのも、無理はありません。

しかし、そんなに大きい声で話すべきではなかったのです。というのも、ある日のこと、葉脈《すじ》ばかりになった枯葉を拾っていた妖精が——〝小さい人々〟はそれで夏のカーテンを編みます——二人の話を立ち聞きして、それ以来、トニーは目をつけられてしまいました。妖精たちは彼が腰かけようとする柵を弛《ゆる》めておいたので、トニーは落ちて、頭のうしろを打ちました。妖精たちはトニーの靴紐をつかんでつまずかせ、家鴨を買収して、トニーのボートを沈めさせました。〝公園〟で出遭ういやな事故のほとんどは、妖精があなたに悪意を持ったために起こります。だから、かれらのことを話す時は、言葉に気をつけた方が良いのです。

メイミーは物事をするのに、日を決めておくのが好きな性分《しょうぶん》でしたが、トニーはそうではありませんでした。〝閉め出し〟のあと〝公園〟に残るのはどの日かとたずねても、「いつか、そのうち」とこたえるだけでした。何日ということについてはひどく曖昧《あいまい》で、「今日なの？」とたずねると、今日ではない、とそれだけはいつもハッキリ言えました。ですから、本当に良い機会を待っているのだとメイミーは思いました。

そうして、ある日の午後、〝公園〟は雪で真っ白になり、〝円池〟には氷が張っていました。スケートができるほど厚くはありませんでしたが、石を投げて明日のスケートを駄目にすることだけはできたので、大勢の賢い男の子や女の子がそうしていました。

トニーと妹は〝公園〟に着くと、まっすぐ池へ行きたかったのですが、インド人の子守りは、まずしっかり歩かなければいけないと言いました。そう言いながら、掲示板をチラリと見て、その晩、何時に〝公園〟が閉まるかをたしかめました。五時半とありました。気の毒な子守りさん！　彼女はこの世界に白人の子供がたくさんいるので、いつも笑っているのですが、その日はもうあまり笑えなかったのです。

　さて、三人は〝赤ん坊の散歩道〟を往復して、掲示板のところへ戻って来ると、驚いたことに、閉門時刻は五時となっていました。けれども、子守りは妖精の狡《ずる》いやり方を知らなかったので、（メイミーとトニーにはすぐにわかりましたが）舞踏会が今夜開かれるために、時間を書きかえたこともわかりませんでした。もう〝瘤山《こぶやま》〟の天《てっ》辺《ぺん》へ行って戻って来るだけの時間しかない、と子守りは言いましたが、足早について来る子供たちの小さな胸を一体何がワクワクさせているか、想像もつきませんでした。妖精の舞踏会を見る機会がめぐって来たのです。これ以上の機会はまたとないだろう、とトニーは思いました。

　メイミーが彼のかわりにはっきりとそう思ったので、トニーもそう思わずにいられなかったのです。メイミーの熱心な目はあの質問をしていました。「今日なの？」トニーは息を呑んで、うなずきました。メイミーは手をトニーの手の中に滑り込ませ、その手は熱く火照《ほて》っていましたが、トニーの手はひんやりしていました。メイミーはじつに親切なことをしました。スカーフを取って、兄に渡したのです。「寒いといけないから」とささやきました。メイミーの顔は赤らんでいましたが、トニーの顔はひどく憂鬱《ゆううつ》そうでした。

〝瘤山〟の天辺でふり返った時、彼は妹にささやきました。「子守りに見られやしないかと思うんだ。だから、できないよ」

メイミーは兄をいつにもまして尊敬しました。見知らぬ恐ろしいものがたくさんいるのに、子守りのほかは何も怖がっていないからです。それで、大きな声で言いました。「トニー、門まで駆けっこをしましょうよ」それから小声で、「そうすれば、兄さんは隠れられるでしょう」と言いました。二人は走りだしました。

トニーはいつも妹を楽々《らくらく》と引き離してしまうのですが、メイミーは、兄がこの時ほど速く走って行くのを見たことがありませんでした。隠れる時間をつくるために急いでいるのだと思いました。「すてき、すてき！」メイミーの目はうっとりして、そう叫んでいましたが、やがて恐ろしい衝撃を受けました。彼女の英雄は、隠れるかわりに、門から走り出てしまったのです！　このあさましい光景を見て、メイミーは呆然《ぼうぜん》と立ちつくしました。まるで膝一杯にのせた大事な宝物が突然こぼれてしまったようで、軽蔑のあまり、泣くこともできませんでした。あらゆる意気地《いくじ》なしの卑怯者《ひきょうもの》に対する反撥《はんぱつ》の念がわき上がり、メイミーは〝聖ゴウヴァーの井戸〟へ走ってゆくと、トニーのかわりに隠れました。

インド人の子守りは、門まで来て、トニーがずっと先の方にいるのを見ると、預かったもう一人の子供も一緒だと思い、外へ出ました。〝公園〟に夕闇が籠《こ》め、何百という人々が出て行きました。最後の一人は、いつも走って行かねばならないのでしたが、メイミーはその人たちを見ませんでした。両目をきつくつぶり、熱い涙でくっつけてしまっていたからです。目を開《あ》いた時、何かひどく冷たいものが脚や腕を駆けのぼって来て、心臓に滴《したた》りました。それは〝公園〟の静けさでした。それから、ガランという音が聞こえ、べつの場所からもガラン、そして遠くからもガラン、ガランと聞こえて来ました。門を閉める音でした。

最後のガランという音が消えるやいなや、メイミーは「よしよし、これでいいぞ」という声をはっきりと聞きました。それは木のような響きで、上の方から聞こえて来たらしく、見上げると、ちょうど楡《にれ》の木が両腕を伸ばしてあくびをしているところでした。

「あなたがしゃべれるなんて知らなかった！」とメイミーが言おうとした、ちょうどその時、井戸の柄杓《ひしゃく》から聞こえて来るらしい金属的な声が、楡の木に話しかけました。「上の方はちっと寒いだろう？」楡の木がこたえました。「べつに、そうでもないよ。でも、ずっと片足で立っていると、痺《しび》れてくるな」楡の木はそう言って、両腕をさかんにパタパタ振りました。ちょうど、辻馬車の御者《ぎょしゃ》が走り出す前にするような仕草でした。ほかにもたくさんの高い木が同じようなことをするのを見て、メイミーはすっかり驚きました。そこで、〝赤ん坊の散歩道〟へこっそり逃げて行って、ミノルカ柊《ひいらぎ》の木の下にうずくまり、あたりの様子をうかがいました。ミノルカ柊《ひいらぎ》の木は肩をすくめましたが、厭《いや》がってはいないようでした。

メイミーは少しも寒くありませんでした。朽葉色《くちばいろ》の外套を着て、頭に頭巾をかぶっていたので、可愛らしい小さな顔と巻毛しか見えませんでした。本当の彼女のそれ以外の部分は、一杯着込んだ暖かい服のずっと奥に隠されていたので、形からいうと、ちょっとボールに似ていました。腰まわりは四十インチほどありました。

〝赤ん坊の散歩道〟ではいろいろなことが始まっていて、メイミーが行った時、ちょうど木蘭《もくれん》とペルシャ・ライラックの木が柵を踏み越えて、お洒落な散歩に出かけるところでした。かれらの動きはたしかにぎくしゃくしていましたが、それはつっかい棒を使っているからでした。接骨木《にわとこ》がよろよろと散歩道を横切り、マルメロの若木と立ち話をしていましたが、みんなつっかい棒を持っていました。つっかい棒とは若木や灌木《かんぼく》にくくりつけてある棒のことです。メイミーには見慣れたものでしたが、それが何のためにあるのか、今までは知りませんでした。

彼女は散歩道をのぞいて、生まれて初めて妖精というものを見ました。それは浮浪児の妖精で、散歩道を走りながら、枝垂《しだ》れた樹々を閉じていました。そのやり方はこうです。木の幹についている発条《ばね》を押すと、木は蝙蝠傘《こうもりがさ》のように閉じて、その下の小さな草木は雪に埋《うず》もれてしまいます。「まあ、あなた、悪い子ね！」メイミーは怒って言いました。雨のしたたる傘が耳元にあるとどんなにいやなものか、知っていたからです。

幸い、悪戯《いたずら》な妖精はその声がとどかない場所にいましたが、一本の菊が声を聞きつけ、「いやはや、こいつは何だ？」とひどく棘《とげ》のある口ぶりで言ったので、メイミーは出て来て姿を見せなければなりませんでした。すると、植物王国全体が、どうしたものかと困り果てました。

一本の菊が声を聞きつけ、「いやはや、こいつは何だ？」と棘《とげ》のある口ぶりで言いました。

「もちろん、これはわたしたちの問題ではないけれど」みんなでヒソヒソ話し合った末に、西洋檀《せいようまゆみ》が言いました。「あなたがここにいてはならないことは良く知ってるでしょう。あなたのことを妖精に通報するのがわたしたちの義務かもしれません。あなた自身はどう思う？」

「通報しちゃいけないと思うわ」メイミーがそうこたえると、植物たちはすっかり途方に暮れて、こんな子供と言い争っても無駄だ、とプリプリして言いました。「もし、悪いことだと思ったら、あなたたちに頼みはしないわ」メイミーがきっぱりとこう言うと、植物たちももちろん、告げ口することはできませんでした。それで、「ああ、何てことでしょう」とか「人生はそんなものさ」とかつぶやきました。植物はひどい皮肉屋になれるからです。けれども、メイミーはつっかい棒のない木々を気の毒に思って、親切に言いました。「妖精の舞踏会へ行く前に、あなたたちを一人ずつ散歩に連れて行ってあげたいと思うの。わたしに寄りかかればいいでしょう」

するとと、木々は喜んで拍手をし、メイミーは一度に一本ずつ木の付き添いをして、〝赤ん坊の散歩道〟を往復しました。うんと弱々しい者には腕や指をまわしてやり、脚があまり変にもつれた時は、きちんと直してやり、外国の木にもイギリスの木と同じように礼儀正しく接しました――もっとも、向こうの言うことは一言もわかりませんでしたが。

木々はおおむね行儀良くしていましたが、ナンシーやグレースやドロシーは、もっと遠くへ連れて行ってもらったじゃないの、などと不平を言う者もいました。引っ掻く者もいましたが、わざとやったことではなく、メイミーは淑女だったので、キャッと声を上げたりしませんでした。たくさん歩いたので疲れ、早く舞踏会へ行きたくなりましたが、もう怖くはありませんでした。恐れを感じなくなった理由は、もう夜だったからです。おぼえておいでの通りでしょうが、メイミーはいつも暗闇ではちょっと変な子供になるのです。

木々はもうメイミーを行かせたくなくなりました。「もし妖精たちがあなたを見たら」と警告しました。「あなたに害を与えるでしょう――刃で刺し殺したり、自分の子のお守《も》りをさせたり、あなたを何かつまらないものに変えてしまうでしょう、たとえば、常盤樫《ときわがし》みたいな」こう言いながら、哀れむふりをして、一本の常盤樫の木を見ました。冬場はみんな常緑樹をひどく羨《うらや》んでいたからです。

「ふふん！」常盤樫は辛辣《しんらつ》に言い返しました。「ここにこうして、頸《くび》までボタンをかけて立っていて、素《す》っ裸《ぱだか》のあんたたちがふるえているのを見るのは、気持ち良いったら、ないことよ」

こう言われると、木々はむっつり不機嫌になり――もとはと言えば自分が悪いのですが――メイミーがどうしても舞踏会に行くなら、こんなおそろしい目に遭《あ》うと、さまざまな危険を話して聞かせました。

紫榛《むらさきはしばみ》の木が言うところによると、宮廷の面々は今、ふだんのように上機嫌ではないのだそうです。それは、クリスマス雛菊《ひなぎく》公爵の心臓がみんなを焦《じ》らしているからなのでした。公爵は東洋の妖精で、おそろしい病にかかってやつれていました。すなわち、愛することができない病気で、多くの国で多くの貴婦人方を試してみましたが、誰も愛することができませんでした。〝公園〟を支配するマブ女王は、うちの娘たちなら公爵を魅惑してしまうだろうと自信を持っていましたが、悲しいかな！　お医者が言うには、公爵の心臓は冷たいままだったのです。この少し人をいらいらさせるお医者さんは、公爵の侍医でしたが、誰か御婦人が紹介されると、そのあとすぐに公爵の胸を触ってみて、いつも禿頭《はげあたま》を横に振り、「冷たいですな、まったく冷たいですな」とつぶやくのでした。当然のことながら、マブ女王は恥を掻かされたように感じ

首を横に振り、「冷たいですな、まったく冷たいですな」とつぶやくのでした。

て、まずは臣下たちに九分間涙を流せと命じ、その効き目を試してみました。それから、恋の神《キューピッド》たちを咎《とが》めて、公爵の凍《こお》りついた心臓を溶かすまでは、道化の帽子を被っているようにというお布告《ふれ》を出しました。

「恋の神《キューピッド》が可愛い小さな道化の帽子をかぶったところ、ぜひ見たいものだわ！」メイミーはそう言うと、駆け出して、恋の神を探しに行きました。これはずいぶん向こう見ずな振舞いでした。恋の神は笑われるのが大嫌いなのですから。

妖精の舞踏会が開かれている場所は、いつも簡単に見つかります。舞踏会場から妖精がたくさんいる〝公園〟のすべての場所まで、リボンが敷かれるからです。招待をうけた者は、その上を歩けば、舞踏靴を濡らさないで踊りに行けます。今夜のリボンは赤く、雪に映《は》えて、たいそうきれいでした。

メイミーはその一つをつたって、しばらく歩いて行きましたが、誰にも会いませんでした。けれども、ついに妖精の行列が近づいて来るのを見ました。驚いたことに、その行列は舞踏会から帰って来るように見え、メイミーは急いで膝を曲げて、両腕を突き出し、庭椅子のふりをして、妖精の目を逃れました。行列には前に六騎、うしろにも六騎の騎兵がいて、真ん中を澄まし込んだ貴婦人が長い裳裾《もすそ》を引いて歩いていました。二人の小姓《こしょう》がその裾を持ち上げていましたが、裾の上に、まるでそれが寝椅子ででもあるかのように、美しい少女が横たわっていました。妖精の貴族はこのようにして出歩くのです。少女は黄金色《きんいろ》の雨を身にまとっていましたが、一番羨《うらや》ましいのはその頸でした。頸《くび》の色は青く、天鵞絨《びろうど》のような肌目《きめ》で、もちろん、ダイヤモンドの首飾りをしていましたが、白い喉《のど》ではそんなに引き立たないほど輝かしく映りました。高貴な生まれの妖精は、この素晴らしい効果を得るために、肌を針で突っつくのです。そうすると青い血が滲《にじ》み出て来て、肌を染めます。宝石店の飾り窓で御婦人の胸像を見たことがない人には、こんなに目眩《まぶし》く光るものは想像もできないでしょう。

メイミーはまた、行列のみんながかんかんに怒っていることに気づきました。いくら妖精だって、そんなにそり返っては危ないと思うほど、鼻をつんと上に向けていたからです。これも、お医者が「冷たいですな、まったく冷たいですな」と言ったくちにちがいないと思いました。

さて、リボンをつたって行くと、リボンはある場所に来て、橋になっていました。橋の下は乾いた水たまりでしたが、そこに一人の妖精が落ちて、這《は》い出ることができないでいました。親切に助けに行ったメイミーを、この小さなお嬢さんは初めのうちこわがっていましたが、やがてメイミーの手の中に坐り込んで、陽気におしゃべりを始めました。その話によると、彼女の名はブラウニーといい、貧しい辻《つじ》の歌うたいにすぎないけれども、公爵が選んでくれるかどうか試してみるため、舞踏会に行く途中だというのです。

「もちろん」と妖精は言いました。「わたしはどちらかというと不縹緻《ぶきりょう》ですけど」そう言われて、メイミーは困りました。実際、その単純な小さな娘は、妖精にしては不縹緻といっても良いほどだったからです。

何と返事をしたものかわかりませんでした。

「わたしには望みがないと思ってるんでしょ」ブラウニーは口ごもって言いました。「そうは言わないわ」メイミーは丁寧にこたえました。「もちろん、あなたのお顔はほんの少しだけ地味だけど、でも――」本当に、彼女は困ってしまったのです。

幸い、メイミーはお父さんとバザーのことを思い出しました。お父さんはこのあいだ、さるお洒落《しゃれ》なバザーへ行って来たのですが、そこでは二日目になると、ロンドン

3　原語 blue blood は「高貴な血筋」を意味する。

でも一番美しい御婦人たちが半クラウンで見られるのです。けれども、お父さんは家へ帰ると、メイミーのお母さんに不満を持つどころか、こう言いました。「君には想像できんだろうが、地味な顔をまた見られて、本当にほっとするよ」

メイミーがこの話をすると、ブラウニーはおそろしく強気《つよき》になりました。公爵が自分を選んでくれることを、もう少しも疑いませんでした。それでリボンの先の方へ飛ぶように走って行きながら、女王様にひどい目に遭わされるから、ついて来てはいけない、とメイミーに大声で言いました。

けれども、メイミーは好奇心に引きずられて、前へ進みました。やがて、七つのヨーロッパ栗の木のところに、素晴らしい明かりが見えて来ました。メイミーはソロリソロリと前へ行って、すぐそばまで近づくと、木のうしろからのぞきました。

その明かりは地面の上、ちょうどあなたの頭くらいの高さにあって、互いに手をつなぎ合った無数の土蛍《つちぼたる》からできており、妖精の輪の上に、まぶしい天蓋《てんがい》を形づくっていました。何千という〝小さい人々〟がそれを見ていましたが、かれらは蔭にいて、光の輪の中にいる輝やかしい妖精たちと較べると、冴《さ》えない茶色をしていました。光の輪の中にいる妖精たちはびっくりするほどキラキラして、メイミーは見ている間、目をしきりに瞬《またた》かねばなりませんでした。

クリスマス雛菊公爵がほんのいっときでも恋をしないでいられるというのは、メイミーにとって驚きで、じれったいくらいでした。けれども、色の浅黒い公爵閣下はいまだに恋に落ちなかったのです。それは女王と廷臣たちの（気にしない風を装《よそお》ってはいましたが）恥じ入ったような顔つきからもわかりましたし、公爵に気に入ってもらうために進み出た素敵な貴婦人たちが、退《さが》るように言われてワッと泣き出す様子からも、公爵自身の何ともつまらなそうな顔からもわかりました。

またメイミーには、もったいぶったお医者が公爵の胸に触るのも見えましたし、鸚《おう》鵡《む》のように同じことを繰り返すのも聞こえました。メイミーはとくに恋の神《キューピッド》たちがかわいそうになりました。かれらは道化の帽子をかぶって暗い隅の方に立ち、あの「冷たいですな、まったく冷たいですな」という言葉を聞くたびに、面目なさそうに小さな頭を垂れるのでした。

ピーター・パンの姿が見えないのでメイミーはがっかりしていましたが、彼が今夜はなぜそんなに遅れたのか、申し上げておいた方が良いでしょう。それはボートが、〝蛇形池〟に浮かぶ氷の間にはさまってしまい、頼みの櫂で氷を割って、危ない通り路を切り開かねばならなかったからです。

妖精たちは今のところ、ピーターがいないのを残念に思っていませんでした。心が重くて、踊れなかったからです。かれらは悲しいとステップをみんな忘れてしまい、陽気になるとまた思い出します。デイヴィドがわたしに言うには、妖精はけして「わたしたちは楽しい」とは言わないそうです。「わたしたちはダンシい」と言うのです。

さて、妖精たちはじつにダンシくない顔つきをしていましたが、突然、見物人の間に笑い声が起こりました。ブラウニーがたった今着いて、自分も公爵にお目もじする権利があると言い張っていたからでした。

メイミーは友達がうまくやるだろうかと、首を伸ばして熱心に見ていましたが、本当は、期待していませんでした。誰も少しも期待していないようでしたが、ブラウニー本人だけは自信満々でした。彼女は公爵閣下の前へ引き出され、お医者は閣下の胸にぞんざいに指をあてました。手間を省くために、閣下のダイヤモンドのシャツには小さな蓋《ふた》がついていて、そこから胸に触《さわ》れるようになっていました。お医者は機械的に「冷たいですな、まっ――」と言いかけて、急に口をつぐみました。

「どうしたんだろう」と言って、まず閣下の胸を懐中時計のように揺すり、それから

妖精はけして「わたしたちは楽しい」とは言わないそうです。
「わたしたちはダンシい」と言うのです。

じつにダンシくない顔つきをしていました。

そこに耳をあてました。

「これはしたり！」とお医者が叫んだ時には、もう見物人の興奮は大変なもので、あちらでもこちらでも妖精が気を失いました。

誰もが息を呑んで公爵を見つめていました。公爵はたいそうびっくりして、逃げ出したいような顔をしました。「何ということだ！」とお医者がつぶやくのが聞こえ、公爵の心臓は今や燃え立っているようでした。お医者は指を急に引っ込め、口に入れたからです。

その場の緊張はおそろしいものでした。

やがて侍医は深々とお辞儀をしながら、高らかな声で、「公爵閣下」と得意げに言いました。「わたくしめは光栄にも、閣下が恋しておられることを御報告申し上げるものであります」

その言葉が引き起こした騒ぎは、御想像もつかないでしょう。ブラウニーは公爵に向かって両腕を差し出し、公爵はその中にとび込みました。女王は式部長官の腕にとび込み、宮廷の貴婦人方は殿方の腕にとび込みました。何事も女王の手本に従うのが礼儀だからです。こうして、瞬《またた》く間に、五十組ほどの男女が結婚しました。相手の腕にとび込めば、それは妖精の結婚なのです。もちろん、聖職者が立ち会わなければいけませんが。

群衆はいかに歓声を上げ、跳びはねたことでしょう！　喇叭《らっぱ》が鳴り、月が出ると、たちまち千組の男女が、まるで五月踊りのリボン[4]でもつかむように、月光をつかんで、妖精の輪のまわりでワルツを踊り狂いました。中でも一番嬉しそうだったのは恋の神《キューピッド》たちで、憎らしい道化の帽子を脱ぐと、宙高く放り投げました。その時、メイミーが出て行って、何もかも台無しにしてしまいました。

　メイミーには我慢できなかったのです。小さな友達の幸運が嬉しくて我を忘れてしまい、何歩か前に踏み出して、夢中で叫んだのでした。「まあ、ブラウニー、すごいわ！」

　誰もがピタリと立ちどまり、音楽は止み、明かりは消えました。しかも、「まあ、あなた！」と言うくらいの短い時間のうちにそうなったのです。メイミーはおそろしい危険を感じました。自分は迷子で、閉門から開門までの間、人間がいてはならない場所にいることを思い出しましたが、もう手遅れでした。怒った群衆のざわめきが聞こえました。千の剣が彼女の血を求めて閃《ひら》めき、メイミーは恐怖の叫びをあげて、逃げ出しました。

どんなに走ったことでしょう！　走っている間ずっと、頭から目がとび出しそうでした。何度も地面に転んでは、すぐにとび上がって、また走りつづけました。メイミーの小さな心は恐ろしさに乱れていたので、もう〝公園〟にいることも忘れてしまいました。一つだけたしかなのは、けして走るのをやめてはいけないということで、〝おめかし広場〟で倒れて眠ってしまったあとも、ずっと走っているような気がしました。顔にひらひらと落ちてくる雪は、お母さんがおやすみのキスをしているのだと思いました。雪の上掛けは暖かい毛布だと思って、頭から被《かぶ》ろうとしました。夢うつつに話し声が聞こえた時も、お母さんがお父さんを子供部屋の戸口へ連れて来て、眠っている自分を見ているのだと思いました。しかし、それは妖精だったのです。

わたしはこう言えることを本当に嬉しく思いますが、妖精はもうメイミーに害を加える気はありませんでした。彼女があわてて逃げ出した時は、「あいつを殺せ！」と

4　昔、イギリスでは五月一日に「五月の柱」と呼ばれる高い木の柱を立て、男女がそのまわりで踊る風習があった。踊り手はめいめい柱の天辺からかけてあるリボンの端を持って踊った。

か「思いきりいやなものに変えてやれ！」などと叫んで空気をつんざいたのですが、誰が先陣を切るか相談しているうちに出足が遅れ、その間にブラウニー公爵夫人は女王の前に身を投げ出して、願いごとをしました。

花嫁は誰でも一つ、願いごとをする権利を持っています。ブラウニーが願ったのはメイミーの命を助けることでした。「それだけはならぬ」とマブ女王は厳しくこたえ、妖精たちはみな「それだけはならぬ」とくり返しました。けれども、メイミーがブラウニーと友達になったおかげで、ブラウニーは舞踏会に出ることができ、それがみんなの名誉とも評判ともなったのだと聞かされると、妖精たちは小さい人間のために万歳三唱して、お礼を言うため、軍隊のように隊伍《たいご》を組んで出発しました。宮中の面々が先頭を進み、例の天蓋もそれに足並をそろえて行きました。雪の中に足跡があるので、メイミーを追うのは簡単でした。

メイミーは〝おめかし広場〟の深い雪の中にいましたが、お礼は言えそうもありませんでした。起こすことができなかったからです。妖精たちはひとわたり感謝の式を行いました——すなわち、新国王がメイミーの身体の上に立って、長い歓迎の辞を読み上げたのですが、メイミーには一言《ひとこと》も聞こえませんでした。妖精たちはメイミーにかかった雪も払いのけましたが、またすぐ雪に被われてしまい、凍え死にする危険がありました。

「何か寒くても平気なものに変えておやりなさい」例のお医者がこう言ったのは良い考えのようでしたが、寒くても平気なものといって思いつくのは、雪だけでした。「それでは溶けてしまうかもしれぬ」と女王が指摘したので、この案はあきらめねばなりませんでした。

メイミーを雪のかからない場所へ運ぼうとして、大変な努力がなされましたが、妖精は大勢いたけれども、メイミーは重すぎました。貴婦人たちはもうハンカチに顔を被って泣いていましたが、やがて恋の神《キューピッド》たちがうまいことを思いつきました。「この子のまわりに家を建てるんだ」とかれらは叫び、それが良い、とみんなはすぐに悟りました。さっそく百人の妖精の木挽《こびき》が枝を切り出しに行き、建築家たちがメイミーのまわりを走りまわって、寸法《すんぽう》を計りました。彼女の足元に煉瓦職人の仕事場が突然あらわれ、七十五人の石工《せっこう》が土台石を持って駆けつけると、女王が礎《いしずえ》を据えました。子供を遠ざけるために監視人が雇われ、足場が組まれて、あたり一帯に槌《つち》や鑿《のみ》や旋盤《せんばん》の音が鳴り響き、その頃にはもう屋根がついて、ガラス屋が窓を嵌めていました。

メイミーのために家を建てる。

家はちょうどメイミーと同じ大きさで、非の打ちどころがない美しさでした。メイミーは片腕を伸ばしていたため、妖精たちは少し困りましたが、腕のまわりに正面の戸口へ通じるベランダを造りました。窓は色つきの絵本くらいの大きさで、扉はそれより少し小さかったけれども、屋根を外せば簡単に外へ出られるはずでした。妖精たちは、いつもの習慣で、自分たちの腕前を得意がって拍手しました。そして、この小さい家が無性《むしょう》に好きになってしまったため、もうできあがったと考えるのが辛《つら》くてなりませんでした。そこで、あれこれ余分に手を加えたのですが、それでもなお飽き足らず、さらに手を加えました。

たとえば、二人の妖精が梯子《はしご》を駆け上がって、煙突をつけました。

「さあ、これですっかり完成したみたいだなあ」と言って、ため息をつきました。しかし、そんなことはありません。べつの二人が梯子を駆け上がり、煙突に煙を結《ゆわ》えつけました。

「これで、たしかに完成だ」妖精たちはしぶしぶそう言いました。

「とんでもない」と土蛍が叫びました。「あの子がもし目を醒まして、終夜灯がともっていなかったら、こわがるかもしれないよ。だから、僕が終夜灯になるよ」

「ちょいと待ちな」と陶器屋《やきものや》が言いました。「おれたちが台をつくってやろう」

さて、悲しいことに、家はすっかり完成してしまいました。

いいえ、ちがいます！

「何てこったい！」と真鍮《しんちゅう》職人が言いました。「扉に取っ手がないじゃないか」そう言って、取っ手をつけました。

金物屋が玄関の靴の泥落としをつけ足し、一人の老婦人が靴拭きを持って駆けつけました。大工が天水桶《てんすいおけ》を持って来て、ペンキ屋はそれにペンキを塗ると言い張りました。

ついに完成です！

「完成だと！　何が完成なものか」鉛管工が馬鹿にするように言いました。「お湯と水の出る水道管がついていないのによ」そう言って、お湯と水の出る水道管を取りつけました。それから庭師の一隊が妖精の荷車と鋤《すき》と種子《たね》と球根と温室を持って来て、まもなくベランダの右手に花壇をつくり、左手に菜園をこしらえ、家の壁に薔薇《ばら》やクレマチスを這わせました。そして五分と経たないうちに、こうした可愛いものたちは満開の花を咲かせたのです。

ああ、小さい家は何と美しくなったことでしょう！　けれども、とうとう間違いなしに完成したので、妖精たちはそこを去って、踊りに戻らなければなりませんでした。みんなは去り際《ぎわ》に投げキッスを送り、最後に立ち去ったのはブラウニーでした。ほかのみんなが行ったあともしばらく残って、煙突から楽しい夢を落としました。

世にも素敵な小さい家は夜どおし〝おめかし広場〟のその場所に建っていて、メイミーを守りましたが、メイミーは少しも知りませんでした。夢がすっかりおしまいになるまで眠って、朝が卵の殻を割って出て来るとすぐ、何とも言えぬ良い気持ちで目を醒ましました。それから、また眠りそうになり、それから、「トニー」と呼びかけました。家の子供部屋にいると思ったのです。トニーが返事をしなかったので、起き上がると、頭が屋根にぶつかって、屋根は箱の蓋《ふた》のように開《あ》きました。驚いたことに、ケンジントン公園はどこもかしこも深い雪に埋《うず》もれていました。子供部屋にいなかったので、自分は本当に自分なのかと思い、頰をつねってみると、自分自身であることがわかりました。それで、大冒険をしている最中だったことに気づきました。〝公園〟の門が閉められたあと、妖精たちから逃げ出すまでに起こったことを全部思い出しましたが、一体どうしてこのおかしなところに入り込んだのだろう、と思いました。屋根から足を踏み出して、庭をまたぐと、一夜をすごした素敵な家を見ました。メイミーはうっとりしてしまって、ほかのことは考えられませんでした。

「まあ、あなた！　素敵なお家《うち》！　大好きよ！」と叫びました。

きっと、人間の声が小さい家を怖がらせたのかもしれません。あるいは、もう自分の仕事が済んだことを知ったのでしょう。メイミーがしゃべったとたんに、家は小さくなりはじめました。ゆっくりと縮んでゆくので、縮んでいるのが信じられないほどでしたが、自分の身体がもうその家に入らないことはすぐにわかりました。家はずっともとのままの姿でしたが、しだいに小さくなり、庭も一緒に縮まって行って、雪が這い寄り、家と庭をつつみ込んでしまいました。もう家は小さな犬小屋くらいになったと思うと、やがてノアの方舟《はこぶね》ほどになりましたが、それでも煙や扉の取っ手や壁の薔薇など、すべてが完全に整っていました。土蛍の光も弱まっていましたが、まだそこにありました。「大好きな、きれいなあなた、行かないで！」メイミーは地面に膝をついて叫びました。小さい家はもう糸巻ほどの大きさになっていたからですが、それでも形はもとのままでした。しかし、メイミーが訴えるように両腕を広げているうちに、雪がまわり中から這い寄って、しまいにぴったりと合わさり、小さい家があったところは、今は切れ目のない一面の雪でした。

メイミーがやんちゃに地団駄《じだんだ》を踏んで、目に指をあてていると、優しい声が聞こえました。「泣かないでよ、可愛い人間さん、泣かないでよ」ふり返ると、美しい裸の男の子がせつなそうにこちらを見ていました。ピーター・パンだということはすぐにわかりました。

5　当時、小さなノアの方舟の置き物が流行った。

六　ピーターの山羊

　メイミーはすっかり恥ずかしくなりましたが、ピーターは、恥ずかしいとはどういうことかを知りませんでした。

「昨夜《ゆうべ》はよく眠れたろうね」とピーターは真面目に言いました。

「ありがとう」とメイミーはこたえました。「すごく気持ちが良くて、暖かかったわ。でも、あなたは」――と言って、裸の相手をきまり悪そうに見ました――「あなたは全然寒くないの？」

　ピーターは寒いという言葉も忘れていたので、こうこたえました。「寒くはないと思うな。でも、僕は間違ってるかもしれない。あんまりものを知らないんだ。本当は男の子じゃないんだよ。ソロモンに言わせると、僕は〝どっちつかず〟なんだ」

「そんな風に呼ばれてるのね」メイミーは考え込んで言いました。

「それは僕の名前じゃない」とピーターは説明しました。「僕の名前はピーター・パンだよ」

「ええ、もちろんよ」とメイミーは言いました。「知ってるわ。誰だって知ってるわ」

門の外の人々がみんな自分のことを知っていると聞いて、ピーターがどれほど喜んだかは、御想像もつかないでしょう。みんなは何を知っていて、何と言っているか教えてくれ、とピーターはメイミーにせがみ、メイミーは教えてやりました。この時、二人は倒れた木に腰かけていました。ピーターはメイミーのために雪を払ってやりましたが、自分は雪のかかっているところに坐りました。

「もっと近くに寄って」とメイミーが言いました。

「それ、どういうこと？」とピーターはたずね、メイミーがやって見せると、その通りにしました。二人は話し合い、それでわかったことは、人々はピーターのことをいろいろ知っているけれども、何でも知っているわけではないということでした。たとえば、お母さんのところへ帰ったのに、閉め出されたことは知らないのです。しかし、ピーターはそのことをメイミーに言いませんでした。今でもまだ悔やしかったからです。

「僕が本当の男の子と同じように遊ぶことを、みんなは知ってるかい？」ピーターは誇らしげに言いました。「ねえ、メイミー、みんなに教えてやってよ！」しかし、彼が〝円池〟に輪を浮かべたりして、どんな風に遊んでいるかをやって見せると、メイミーはただただゾッとしました。

「あなたの遊び方は」メイミーは大きな目でピーターを見て、言いました。「まるきり間違っていて、男の子の遊び方と全然違うわ」

これを聞くと、哀れなピーターは小さいうめき声を洩らして、泣きました。この前に泣いたのは、どれだけ昔のことだったか、わたしにはわかりません。メイミーはすっかりかわいそうになって、ハンカチを貸してやりましたが、ピーターはそれをどうすれば良いのかわかりませんでした。そこで、メイミーはやって見せました。つまり、目を拭《ふ》いたのです。それからハンカチをピーターに返して、「さあ、おやりなさい」と言いました。けれども、彼は自分の目を拭くかわりにメイミーの目を拭いたので、彼女はそうしてもらいたかったふりをするのが一番だと思いました。

メイミーはピーターに同情して、言いました。「もしよかったら、キスしてあげるわ」しかし、ピーターはキスとは何かを以前は知っていましたけれども、長いこと忘れていたので、「ありがとう」と答えると、片手を差し出しました。何かもらえると思ったのです。これにはメイミーも唖然《あぜん》としましたが、説明すれば恥を掻かせると思って、素敵な機転を利《き》かせました。たまたまポケットに入っていた指貫《ゆびぬき》をピーターに渡して、それがキスだというふりをしたのです。かわいそうな男の子です！　ピーターはすっかりメイミーの言うことを信じてしまい、今でも、それを指に嵌めていますす。ピーターほど指貫に用のない人はいないのですが。彼はまだ小さな子供でしたが、お母さんを最後に見たのは本当に何年も前のことで、たぶん、ピーターに取って代わった赤ん坊も、もう髯《ひげ》を生やした大人になっていたことでしょう。

しかし、ピーター・パンは憧《あこが》れるよりも同情すべき少年だなどと考えてはいけません。メイミーも初めのうちそう考えましたが、すぐに間違いだったことがわかりました。ピーターが冒険の話を、とくに鶫の巣に乗って、島と〝公園〟を行き来する話をすると、彼女の目は讃嘆の念に輝きました。

「何てロマンティックなんでしょう！」とメイミーは叫びましたが、これもピーターの知らない言葉で、彼はメイミーが自分を軽蔑しているのだと思って、うなだれました。

「トニーなら、そんなことしなかったろうね？」とたいそう謙遜《へりくだ》って言いました。「ぜったい、するもんですか！」メイミーは断言しました。「怖がるにちがいないわ」「怖がるって、どういうこと？」ピーターは羨《うらや》ましそうに言いました。何か素晴らしいことに違いないと思ったのです。「どうやって怖がるのか、教えてほしいなあ、メイミー」

「あなたには誰も教えられないと思うわ」メイミーは崇拝の念をこめて言いましたが、僕は馬鹿だと言ってるんだ、とピーターは思いました。メイミーはトニーのことや、自分が暗闇でトニーを脅《おど》かすためにした悪いこと（悪いことだと良く知っていたのです）などを語りましたが、ピーターはその意味を誤解して、言いました。「ああ、僕もトニーみたいに勇敢になれたらなあ」

メイミーはじれったくなって言いました。「あなたはトニーより二万倍も勇敢よ。あたしが知ってる男の子の誰よりも、ずっと勇敢だわ」

ピーターには、彼女が本気でそう言っているとは信じられませんでしたが、本気なのだとわかると、嬉しさのあまり大声で叫びました。

「だから、もしわたしにキスしたくてたまらないなら」とメイミーは言いました。

「してもいいわよ」

ピーターはいやいやながら、指貫を指から抜こうとしました。それを返して欲しいのだと思ったからです。

「キスじゃないの」とメイミーはあわてて言いました。「わたしが言ってるのは指貫よ」

「それ、何?」とピーターはたずねました。

「こういうものよ」メイミーはそう言って、ピーターにキスをしました。

「君に指貫をあげたい」ピーターはおごそかにそう言って、メイミーに指貫を一つあげました。それからたくさん指貫をあげているうちに、楽しい考えが頭に浮かびました。「メイミー」とピーターは言いました。「僕と結婚してくれない?」

さても不思議なことに、同じ考えが同じこの時、メイミーの頭にも浮かんだのです。

「いいわ」とメイミーはこたえました。「でも、あなたのボートには二人乗れるかしら?」

「うんと詰めれば、乗れるよ」ピーターは熱心にこたえました。

「鳥たちが怒りやしない?」

鳥は君がいれば喜ぶよ、とピーターは請《う》け合いましたが、わたしにはどうだかわかりません。それに、冬場は鳥がほとんどいない、とピーターは言いました。「もちろん、君の服を欲しがるかもしれないけど」ピーターは少したためらいながら、そのことを認めました。

メイミーは、これに少し腹を立てました。

「鳥はいつも巣のことばっかり考えてるんだ」ピーターは弁解するように言いました。「それに、君の持っているものには」――彼はメイミーの外套の毛皮を撫でました――「あの連中をすごく興奮させるものがあるね」

「あたしの毛皮はやらないわよ」メイミーはぴしゃりと言いました。

「そうとも」ピーターはそれでも毛皮を撫でながら、「そうとも。ねえ、メイミー」と有頂天になって言いました。「なぜ君が好きか知ってる？　君はきれいな巣に似てるからだよ」

これを聞くと、メイミーは何だか不安になりました。「あなたはもう、男の子というよりも、鳥みたいにしゃべっているわね」そう言いながら、うしろへ身を引きました。実際、ピーターがちょっと鳥のように見えて来たのです。「やっぱり、あなたはただの〝どっちつかず〟なのね」けれども、この言葉はピーターをひどく傷つけたので、メイミーはすぐ言い足しました。「それは素敵なことでしょうね」

「そんなら、君もそれにおなりよ、メイミー」とピーターはせがんで、二人はボートのある方に向かいました。もう開門時間が近づいていたからです。「それに君は少しも巣に似てないよ」彼はメイミーを喜ばせようとして、ささやきました。

「でも、〝どっちつかず〟になるのも、けっこう楽しいと思うわ」メイミーは何にでもまぜっ返す女の人の流儀で言いました。「それに、ピーター、毛皮をあげるわけにはいかないけれど、毛皮に巣をつくるのはかまわないわ。わたしの頸に鳥の巣があって、小さなまだらの卵が入っていたら！　ねえ、ピーター、どんなに可愛いでしょうね！」

けれども、〝蛇形池〟に近づくと、メイミーはちょっと身震いして、言いました。

「もちろん、あたし、お母さんに何度も何度も会いに行くわ。お母さんに永久にさよならを言うわけじゃないもの。全然、そうじゃないもの」

「うん」とピーターはこたえましたが、心のうちでは、そうなることを知っていましたから、メイミーを失うことを震えるほど恐れていなかったら、そう言ったでしょう。

メイミーが大好きで、彼女がいなくては生きられないと思いました。「そのうちお母さんのことを忘れて、僕と幸せに暮らすだろう」ピーターは自分にそう言い聞かせながら、メイミーを急がせ、道々指貫をいくつもあげました。

しかし、ボートを見て、その美しさに夢中になって叫んだ時も、メイミーはやはりお母さんのことを不安そうに話しました。「ピーター、あなた、良くわかっているわよね。いつでも帰りたい時、お母さんのところへ帰れることがたしかじゃなかったら、わたし、行かないのよ。ピーター、そうだと言ってちょうだい」

ピーターはそうだと言いましたが、もうメイミーの顔をまともに見ることができませんでした。

「お母さんがいつも君を求めているならば、だよ」ピーターは少し不機嫌に言い足しました。

「お母さんがいつもわたしを求めていることがないなんて！」メイミーはそう叫び、顔が涙に光りました。

「君を閉め出さなければだよ」とピーターはかすれ声で言いました。

「扉は」とメイミーはこたえました。「いつだって、いつだって開いているわ。お母さんはいつだって扉のそばでわたしを待ってるわ」

「それなら」とピーターは言いましたが、その声には冷酷な響きがなくもありませんでした。「乗りなよ、お母さんのことがそんなに良くわかってるなら」彼はメイミーを助けて鵜の巣に乗せました。

「でも、どうしてわたしを見ようとしないの？」メイミーはピーターの腕を取って、言いました。

　ピーターは必死で見るまいとしました。ボートを漕《こ》ぎ出そうとしましたが、ぐっと息を詰まらせて岸に跳び移ると、雪の中で惨めに坐り込みました。

　メイミーはピーターのところへ行きました。「どうしたの、いとしいピーター？」と訝《いぶか》しんで言いました。

「ああ、メイミー」ピーターは叫びました。「君が帰れるつもりでいるなら、君を連れて行くのは正しくない！　君のお母さんは」――彼はまたぐっと息を詰まらせました――「君は僕ほど、あの人たちのことを知らないんだ」

　そうしてピーターは、自分が閉め出された悲しい話を語り、メイミーは息を呑んで聞いていました。「でも、わたしのお母さんは」とメイミーは言いました。「わたしのお母さんは――」

「いいや、君のお母さんだってそうするさ」とピーターは言いました。「みんな同じなんだ。きっと、もうべつの子供を探してるよ」

メイミーは愕然《がくぜん》として言いました。「そんなこと、信じられないわ。いいこと、あなたが出て行った時は、お母さんには子供がいなかったでしょう。でも、わたしのお母さんにはトニーがいるもの。子供が一人いれば、きっと満足しているわ」

ピーターは苦々しくこたえました。「ソロモンは子供が六人いる女の人から手紙をもらうけど、それを見るといいよ」

ちょうどその時、鉄格子がギイッと軋《きし》る音がして、そのあと〝公園〟のまわり中で、ギイッ、ギイッと音がしました。門を開けているのでした。ピーターはびくっとしてボートに跳び乗りました。もうメイミーがついて来ないことはわかっていたので、泣くまいと気丈《きじょう》にこらえていました。けれども、メイミーは辛そうにしくしく泣いていました。

「もしも間に合わなかったら、どうしましょう」メイミーは苦しんで言いました。

「ねえ、ピーター、お母さんにもうべつの子ができていたら、どうしましょう」

まるで呼び戻されたかのように、ピーターはまた岸にとび移りました。「今夜、君を探しに来る」とすぐそばに寄って言いました。「でも、急いで帰れば、まだ間に合うと思う」

それから、彼はメイミーの可愛らしい小さな唇に最後の指貫を押しつけると、彼女が行くのが見えないように、両手で顔を被いました。

「いとしいピーター！」とメイミーは叫びました。

「いとしいメイミー！」悲しい少年は叫びました。

メイミーはピーターの腕の中にとび込み、いわば妖精の結婚をしたのですが、それから急いで立ち去りました。ああ、門まで、どんなに急いだことでしょう！　御想像の通り、ピーターはその夜、門の閉まる音がするや否や、〝公園〟へ戻って来ましたが、メイミーはいなかったので、間に合ったことがわかりました。長い間、ピーターは、いつか夜にメイミーが戻って来るだろうと思っていました。帆掛け船が岸に近づいた時、〝蛇形池〟のほとりで彼女を何度も見たような気がしましたが、メイミーは二度と戻って来ませんでした。戻りたかったのですが、いとしい〝どっちつかず〟にまた会ったら、長居をしすぎてしまうだろうと思ったのです。それに、今はインド人の子守りが厳重に見張っています。それでも、メイミーはよく恋しそうにピーターの話をして、彼のために薬罐《やかん》つかみを編みました。ある日、ピーターは復活祭《イースター》の贈り物に何が欲しいだろうかと思っていると、お母さんが提案しました。

「その子には」お母さんは考えながら言いました。「山羊ほど役に立つものはないでしょう」

「背中に乗れるわね」とメイミーは言いました。「それに、乗りながら笛を吹けるわ」

「それなら」とお母さんは言いました。「あなたの山羊をあげたらどうかしら？　あなたは夜、山羊が出るといってトニーを脅かすでしょう」

「でも、本物の山羊じゃないわ」とメイミーは言いました。

「トニーには、本物のように思えるのよ」とお母さんはこたえました。

「わたしにも、すごく本物みたいに思えるわ」とメイミーは言いました。「でも、どうやってピーターにあげるの？」

お母さんはやり方を知っていました。翌日、二人はトニーと一緒に（この子も本当に良い子でした。もちろん、比較にはなりませんけれども）〝公園〟へ行き、メイミーが妖精の輪の中に一人で立つと、お母さんが――この人は中々才能のある御婦人でした――言いました――

娘よ、お言い、言えるなら。
ピーター・パンに何あげる？

メイミーはそれにこたえました――

ピーターが乗る山羊あげる。
遠くへ放るわ、ごらんなさい。

メイミーはそう言って、まるで種を蒔《ま》くように両腕をさっと振ると、その場で三度まわりました。

次に、トニーが言いました――

ここに置いてく贈り物、ピーター・パンが見つけたら、もう怖いこと、しないよね？

そしてメイミーがこたえました――

お日様にかけ、闇にかけ、どこにも、けして山羊なんか見ないとかたく誓います。

メイミーはまたピーターが見つけそうなところに手紙を置いて、自分のしたことを説明し、妖精に言って山羊を乗りやすい山羊に変えてもらってくださいと頼みました。果たして、メイミーの望み通りになりました。ピーターは手紙を見つけましたし、山羊を本物に変えるくらい、妖精には朝飯前だったからです。そんなわけでピーターは山羊を手に入れ、今は毎晩、〝公園〟を乗りまわしながら、妙《たえ》なる音色で笛を吹いています。メイミーは約束を守り、二度と山羊でトニーを怖がらせませんでした。もっとも、噂によると、ほかの動物をこしらえたそうです。彼女はすっかり大きくなるまで、〝公園〟にピーターへの贈り物を（人間はそれでどうやって遊ぶかを説明する手紙を添えて）置きつづけましたし、そういうことをしたのはメイミーだけではありませんでした。たとえば、デイヴィドもやっていますし、彼とわたしは贈り物を置くのに一番適当な場所を知っています。お望みなら教えてさしあげますが、後生ですから、ポルトスのいる前では訊《き》かないで下さい。ポルトスは玩具が大好きですから、その場所を見つけたら、全部持って行ってしまうでしょう。

ピーターは今でもメイミーのことをおぼえていますが、以前《まえ》のように朗らかになりました。ただもう嬉しさのあまり山羊からとび下り、草の上に寝転がって、元気に足をバタつかせることが、よくあります。本当に、楽しくてしようがないのです！　けれども、かつて人間だった時の記憶がうっすらと残っているので、燕《つばめ》が島へやって来ると、特別に優しくします。燕は死んだ小さい子供の魂だからです。かれらはいつも人間だった時住んでいた家の軒《のき》に巣をつくりますし、時々子供部屋の窓から中に入ろうとします。ピーターがあらゆる鳥の中で燕を一番愛するのは、きっとそのせいなのでしょう。

そして、あの小さい家は？　今では法律で許された夜はいつも（舞踏会の夜以外は毎晩ということです）、妖精たちは小さい家を建てます。〝公園〟で迷子になった人間の子供がいるといけないからです。ピーターは山羊に乗ってあたりを巡回し、もしも迷子を見つけると、山羊に乗せて小さい家へ連れて行きます。子供は目が醒めるとその家の中にいて、外へ出る時、家を見るのです。妖精たちが家を建てるのは、ただそれが美しいからですが、ピーターはメイミーの思い出のために巡回します。それに、彼は今でも、本当の男の子がすると信じていることをするのが大好きだからです。

しかし、どこか木立の間に小さい家が燦《きら》めいているからといって、閉め出しの時間のあとまで〝公園〟に残っていても安全だなどと考えてはなりません。もしもその夜、たまたま妖精のうちの悪いやつらが出歩いていたら、きっとあなたに害を加えるでしょうし、そういう連中がいなくても、ピーター・パンがまわって来る前に、寒さと暗さで死んでしまうかもしれません。ピーターは何度か間に合わなかったことがあって、そういう時、手遅れと見ると、鶫の巣へ櫂を取りに行きます。メイミーがその本当の使い方を教えてくれたので、子供のために墓穴を掘り、小さな墓石を建て、哀れな子の頭文字《かしらもじ》を彫りつけます。ピーターはすぐにそうするのですが、本当の男の子はそうするものだと思っているからです。あなたもそういう小さい石があるのに、お気づきになったでしょう。しかも、石はいつも二つ並んでいることに。その方が寂しそうに見えないので、ピーターは石を二つずつ置くのです。〝公園〟でもっとも胸に迫る光景は、ウォルター・スティーヴン・マシューズとフィービー・フェルプスの二つの墓石だ、とわたしは思っています。これらは、ウェストミンスター・セント・メアリー教区とパディントン教区が出会うと言われているところに、並んで立っています。ピーターはここで、大人が知らないうちに乳母車から落ちた二人の赤ん坊を見つけたのです。フィービーは生後十三カ月で、ウォルターはたぶんもっと幼なかったのでしょう。ピーターは、この子の石に年齢を刻むことには、ためらいを感じたようで

W. St. M.	and	13a P. P. 1841.

すから。二人は並んで横たわっていて、刻まれた字はただこれだけです――[1]

デイヴィドは時々、この二つの罪のない墓に白い花を供えます。

けれども、いなくなった子供を探して、お父さんとお母さんが、開門と共に〝公園〟へ駆け込んで来た時、子供のかわりに世にも愛らしい小さな墓石を見つけたら、どんなに変な気がするでしょう。わたしはピーターがあまりせっかちに鋤《すき》を使わないことを望みます。少し悲しいことですからね。

1　左のW. St. M.はウェストミンスター・セント・メアリーズ Westminster St. Mary's の頭文字、右のP. P.はパディントン教区 Parish of Paddington の頭文字である。これをそれぞれ Walter Stephen Matthews と Phoebe Phelps という子供の頭文字と解したのである。

解説

南條竹則

みなさんのうちにピーター・パンという名前を知らない方は、まずいらっしゃらないだろうと思います。そこで、お尋ねいたしますが、ピーター・パンとはヘンな名前だとお思いになったことはありませんか？

わたしは子供の頃に思いました。

ピーター・パンのピーターはいいけれども、パンって何だろう？　ヘンな名前だ。メロンパンかブドウパンの親戚みたいじゃないか。

イギリス人の実際の名前に、たとえば、ピーター・ヘイニングさんとかピーター・アンダーウッドさんとかがあります。この人たちの場合、ピーターは名で、その下は姓であります。それでは、「パン Pan」という姓がイギリスにあるのでしょうか？　わたしは聞いたことがありません。

じつは、パンは姓ではありません。ピーター・ラビットのラビットと同じであります。ピーター・ラビットは「ピーターという兎」で、ピーター・パンは「ピーターというパン」なのです。それならメロンパンの親戚かというと、そうではなくて、ここにいう「パン」は食べ物ではなく、ギリシア神話の神様なのです。

＊

それでは、一体、パンとはどんな神様なのでしょうか。

十九世紀のイギリスで広く愛用されたランプリエールの『ギリシア・ローマ事典』で「パン」の項目を引くと、おおむね次のようなことが書いてあります――

パンは羊飼い、狩人、そして田舎のすべての住人の神であり、ローマ神話のファウヌスとしばしば同一視されました。この神は主としてギリシアのアルカディア地方に住み、森や険《けわ》しい山を住処《すみか》としていました。

その血統については、ヘルメス神とドリュオペー（ニンフが化した棗《なつめ》の木から花を摘んだために、木になってしまう女性です）の息子だとか、ゼウスとカリストー

（ゼウスに愛され、女神ヘーラーに嫉妬されて、熊に変えられてしまった乙女です）の息子だとか、諸説あります。また、その名前――パンはギリシア語で「すべて」の意味です――の由来についても諸説あります。

パンの姿形はというと、頭に小さな二本の角が生え、肌の色は赤みをおびており、鼻は平らで、脚、腿、尻尾は山羊です。

パンは葦笛《あしぶえ》の発明者として知られています。

彼はシュリンクスという美しいニンフを犯そうとしましたが、厭《いや》がるニンフは葦に変わってしまいました。そこで、パンは七本の葦で笛をつくり、それにシュリンクスという名をつけました。

パンは多情な神で、ニンフたちと戯れ、ふられることも多いけれど、愛されたこともあります。

たとえば、エーコーという山のニンフはパンを愛し、リュンクスという息子を産みました。ヘラクレスの妻オンパレーに懸想《けそう》した時はひどい目に遭いましたが、美しい白山羊に化けて、女神アルテミスに気に入られることもありました。

古代エジプトでは、パンは八柱の偉大な神の一人として崇拝されました。その像は山羊の姿をしていましたが、これはパンが山羊だというのではなく、神秘的な意味をこめてのことだったといいます。

パンは豊饒の象徴であり、エジプト人は彼を万物の原理と見なしました。その角は太陽の光をあらわし、顔色の生き生きした赤さは天の輝きをあらわしていました。胸に星をつけていましたが、それは天空の象徴でした。毛むくじゃらの脚と足は、大地の森や植物をあらわしていました。

ローマ時代、ティベリウス皇帝の御代《みよ》に、イオニア海のエキナデス諸島の近くで、異様な声が聞こえました。その声は「大神パンは死せり」と叫んでいました。ティベリウス帝はこの話を信じ込み、占星術師に相談しましたが、占星術師はその意味を説明することが出来ませんでした。

それから、パンは田舎に住む人々を怖がらせたので、人がしばしばいわれのない恐怖に取り憑かれる時、これを「パンの恐怖」というようになりました。すなわち、「パニック」という言葉の語源であります。

ランプリエールが記しているのは、ざっと右のような内容です。

なにしろ古い事典ですから、ここに記したことの中には、今日の知識からすると多少間違っている点もあるかもしれませんが、J・M・バリーを含め、十九世紀から二十世紀にかけてのイギリス人が、パンという神様に対して抱いていた通念は、おおよそこんなものだったでしょう。ピーター・パンがこの神様の眷属《けんぞく》であるというと、みなさんはたぶん意外に思われるでしょうが、本書をお読みくだされば、なるほどと頷《うなず》ける点もあると思います。

パンとしての性質は、みなさんが普通知っていらっしゃるピーター・パンにはほとんど見られませんが、本書のピーターには、それがまだはっきりと残っています。

その一つは葦笛です。ピーターは公園の島に生えている葦で葦笛をつくり、妖精たちの楽団として音楽を奏でるではありませんか。

もう一つは山羊です。ギリシア神話のパンは山羊の形、ないし山羊と人間が混じった半人半獣の形をしています。ピーターは山羊の形こそしていませんが、物語のおしまいでは、メイミーがくれた山羊にまたがり、公園を駆けめぐります。それに、メイミーのお母さんがピーターに山羊をプレゼントすることを思いつくのも、彼女の頭に伝統的な牧神のイメージがあったからにほかなりません。

*

日本人がかつて中国の学問や文化をお手本にしたように、ヨーロッパ人にとってギリシア・ローマの文芸は敬愛する古典であり、古代ギリシアの神々やニンフは、ヨーロッパの文学や絵画に昔からしばしば登場しました。

パンの神に関していうと、この神はとくに十九世紀後半から二十世紀にかけて、新たな脚光を浴びたように思われます。

この時期、いわゆる象徴派や耽美派の芸術が盛んになると、キリスト教へのアンチテーゼとしての異教世界や、産業文明に対する自然を象徴するものとして、また人間の欲望の解放の象徴として、パンの神が生き生きした輝きをおびて、出没した観があるのです。

たとえば、デンマークの作家イェンス・ペーター・ヤコブセンに「アラベスク」という詩があります。これは小説「サボテンの花ひらく」(一八八六年初出)の中に出て来る詩ですが、単独の作品としても良く読まれました。イギリスの作曲家フレデリック・ディーリアスは、この詩を歌詞とした管弦楽つきの声楽曲「アラベスク」を書いているくらいです。この詩は我が国でも早くから、生田春月によって「牧羊神」という邦題で翻訳されています。

君迷ひしや、小暗《をぐら》き森に、
君知るや牧羊神《パン》を。
われはそをば感じぬ、
黙《もだ》せるものも語り出づる
小暗き森ならずして。
いな、牧羊神《パン》をわれは知らず。
されど愛の牧羊神《パン》を感ずることを得たり、
つねによく語るものもそをば黙《もだ》せど。
……………………………

（生田春月訳）

詩の世界で牧神をテーマにしたものといえば、何といっても有名なのはフランスの詩人ステファヌ・マラルメの「牧神の午後」（一八七六年出版）であります。もっとも、この詩の牧神はパンではなくフォーヌ（ファウヌスのフランス語形）と呼ばれていますが、ランプリエールの記述にもあるように、両者はしばしば同一視されています。

この詩は、ニンフの美しさにほれぼれと見惚《みと》れていた牧神が、やがて夢想を逞《たくま》しくして、美神ウェヌスをわがものにしようと大それた望みを抱く、一種の白日夢の世界を歌っています。作曲家のドビュッシーはこの詩に霊感を受け、管弦楽曲「牧神の午後への前奏曲」をつくりました。この曲の初演は一八九四年でした。

ドビュッシーと並び称されるフランスの巨匠モーリス・ラヴェルが音楽を作曲したバレエ「ダフニスとクロエ」は、一九一二年にディアギレフのロシア・バレエ団によって初演されました。これはローマ帝政期のギリシア人ロンゴスが書いた小説を原作としたもので、小説にパンの神は直接出て来ませんが、全篇にわたって、ニンフとパンの神に対する牧人たちの素朴な信仰が描かれています。

一方、世紀末ドイツのベルリンでは一八九五年に芸術雑誌「パン」が刊行され、「パンの会」というものが結成されました。日本でもその影響を受けて「パンの会」という若い詩人や画家の集まりが出来たことは、御存知の通りです。この会には北原白秋、木下杢太郎、吉井勇、高村光太郎など錚々《そうそう》たる面々が名を連ねました。

イギリスでは一八九四年に、アーサー・マッケンが『パンの大神』という短篇集を上梓しています。

この本の表題作は、パンという言葉をいわば魔界の象徴として用い、この神の恐ろしい側面を強調したものと言って良いでしょう。

ある科学者が、人間の認識能力の拡大を目ざして、親のいない少女の脳に手術を行います。それによって、少女は常人に知覚できない異次元を見るのですが、その瞬間、精神が崩壊してしまいます。

冷酷な科学者はうそぶきます——「彼女はパンの大神を見たのさ」

その後、少女は異次元の魔物との間に娘を生み、その娘がロンドンへ出て来て、夜毎恐ろしい宴をひらくという、いかにも世紀末的な物語です。題名の「大神」は、もちろん、例のティベリウス帝の故事を踏まえていて、大神パンがじつはまだ異次元に生きていたという趣向でしょう。

本文庫に拙訳のあるG・K・チェスタトンの『木曜日だった男』（一九〇八）の中では、謎の男「日曜日」がパンに譬《たと》えられます。

「死んじまった！　今になってわかった。あいつは僕の味方——暗闇にいた味方だったんだ！」

「死んだって！」書記が鼻を鳴らした。「そう簡単にくたばりやしないぜ。ゴンドラから放り出されても、子馬みたいに野原を転《ころ》げまわって、面白そうに足をバタバタしているだろう」

「蹄《ひづめ》を打ち合わせてな」と教授が言った。「子馬はそういうことをするし、パンもやった」

「またパンか！」ブル博士は苛《いら》ついたように言った。「あなたはパンがすべてだと思ってるみたいですね」

「たのしい川べ」「ヒキガエルの冒険」「川べにそよ風」等の邦題で訳され、我が国でも広く親しまれているケネス・グレアムの小説「The Wind in the Willows（逐語訳すると、柳の間を吹く風）」（一九〇八）にも、パンの神が登場します。第七章「暁の門に笛を吹く者」で、主人公の友人オッターの息子ポートリーが行方不明になってしまいます。パンは美しい歌声で、ラットとモールをポートリーのいる場所へ呼び寄せる、というくだりです。

これらの例ほど有名ではありませんが、モーリス・ヒューレットという詩人が「パンと若い羊飼い Pan and the Young Shepherd」という戯曲を一八九八年に発表しました。その冒頭の台詞は「少年よ、少年よ、汝は永遠《とわ》に少年なりや Boy, boy, wilt thou be a boy for ever?」というもので、まるで大人にならないピーター・パンの出現を予告しているかのようですが、バリーがこの作品に影響されたかどうかはわかりません。しかし、ヒューレットは本書に出て来るチェッコ・ヒューレットという子供のお父さんで、バリーの親しい友人でしたから、この戯曲の存在は知っていただろう、と研究家のアンドルー・バーキンは指摘しています。

ピーター・パンが生まれて来るには、こうした背景があったことを御承知おきください（なお、この問題に関しては、山内暁彦氏の論文〝ピーター・パンと牧神「パン」〟〔「Hyperion」五九 所収〕があります）。

＊

ところで、多くの方はピーター・パンといえば、ウェンディーや弟たちをネヴァーランドへ連れて行き、海賊フックと闘う、あの勇敢な少年を思い浮かべるでしょう。本書に登場する、まだ赤ん坊のピーターには、戸惑いをおぼえた方もいらっしゃるかもしれません。

じつは、バリーが創造したピーター・パンは二人いるのですが、そのことを今ここで整理しておきたいと思います。

年代順に申し上げると、バリーが発表した最初のピーター・パン物語は、『白い小鳥 The Little White Bird』（一九〇二）という小説です。正確にいうと、この小説に挿入された話中話であります。そして本書はその部分を抜粋して、固有名詞などにほんのわずかな訂正を加え、『ケンジントン公園のピーターパン Peter Pan in Kensington Gardens』（一九〇六）という単行本として出版したものです。

バリーはこの赤ん坊のピーター・パン物語を書いたあと、今度はわたしたちが良く知っている方のピーター・パン物語を、一九〇四年に劇の形で上演しました。題名は「ピーター・パン、あるいは大人になろうとしない少年 Peter Pan or the Boy who would not Grow Up」でした。

この作品は、当時の劇としては異例のものでした。なにしろ、大がかりな舞台装置が必要ですし、登場人物は五十人を越え、その中には海賊から、ライオンから、鰐《わに》から、妖精まで登場します。おまけに、ピーターや子供たちは〝飛ぶ〟のです。もちろん、ワイヤーで俳優を吊るのですが、サーカスならいざ知らず、こんなことをする芝居は前代未聞でした。バリーに脚本を見せられた俳優のビアボウム・トリーは、「バリーはどうかしてしまった」と手紙に書いたといいますが、一八九〇年代末からバリーの劇を上演して来た興行主チャールズ・フローマンは、一読してこの脚本に魅せられ、莫大な費用を借しまず賭けに出ました。

その結果、劇は大成功を収め、その後毎年のように再演されます。『ケンジントン公園のピーター・パン』も、じつはその人気にあやかって出版されたのでした。

さらにバリーはこの劇を小説化した『ピーターとウェンディー』（一九一一）を出

版します。脚本の方は何度も手直しを重ね、一九二八年に五幕の決定版として発表しました。

この脚本と小説『ピーターとウェンディー』を較べてみますと、もちろん、粗筋は同じですが、重要な相違点もあります。ことに小説には、舞台ではたった一度しか演じられなかった場面を復活させて、後日談ともいうべき最終章「ウェンディーが大人になった時」を付け加えています。演劇と小説という表現形式の相違だけではなしに、べつの内容を持った作品と見なければいけません。

したがって、バリーのピーター・パン物語には、『ケンジントン公園のピーター・パン』と舞台の「ピーター・パン」、小説の『ピーターとウェンディー』の三つがあるとお考えになってください。

*

さて、そのうち最初のピーター・パン、すなわち『ケンジントン公園のピーター・パン』は、一つの出会いをきっかけにして生まれました。

バリーは一八九四年に女優メアリー・アンセルと結婚します。この人は、大あたりをとった彼の劇「ウォーカー、ロンドン」に出演した女優です。二人はケンジントン公園に近いグロスター・ロードに新居を構え、この時、バリーは夫人にポルトスというセント・バーナード犬を贈りました。

ポルトスというのは、もちろんアレクサンドル・デュマの小説『三銃士』に出て来る巨漢の銃士の名前ですが、ジョージ・デュ・モーリアの小説『ピーター・イベットソン』(一八九一)に同名のセント・バーナード犬が登場し、バリーは直接にはそちらの名前をとったようです。英語読みは〝ポーソス〟という風になりますが、本書ではデュマの銃士のようにフランス語読みにしておきます。

バリーはこのポルトスを連れて、毎日ケンジントン公園を散歩しました。公園には子供を連れた近所の母親たちや子守り女たちがたくさんいます。そういう常連さんとも自然顔馴染みになり、やがてデイヴィス家の母子《おやこ》と出会ったのです。

先に名前を出したジョージ・デュ・モーリアは人気漫画家で、「パンチ」誌などに漫画を寄稿する傍ら、小説家としても売れた人であります。『ピーター・イベットソン』は長篇第一作ですが、その次に書いた『トリルビー』(一八九四)は大変な成功を収めました。また、この人の息子ジェラルドは有名な俳優となり、孫には小説『レベッカ』の作者ダフネ・デュ・モーリアがいます。

ジョージ・デュ・モーリアの娘シルヴィアはアーサー・ルウェーリン・デイヴィスという神学者と結婚して、当時ケンジントン公園の近くに住んでいました。シルヴィアは長男ジョージと次男ジャックを連れて公園へ通っているうちに、バリーと知り合いました。

子供好きなバリーはこの母子とすっかり親しくなり、とくにジョージを可愛がりました。やがて彼はジョージと母親のシルヴィア、そして自分自身をモデルにした小説『白い小鳥』を書き始めます。この小説は鈴木重敏氏によって日本語に翻訳されています（『小さな白い鳥』パロル舎二〇〇三年）が、参考のため筋を少し申し上げておきましょう。

『白い小鳥』の語り手〝わたし〟はキャプテン・W——という退役軍人で、毎日クラブ通いをしている典型的な独身者《ひとりもの》です。

彼はいつもペルメル街のクラブの窓際で昼食をとるのですが、その窓の外を毎日通って、郵便局へ手紙を出しに行く若い娘に何となく関心を惹《ひ》かれます。

その娘はメアリーといい、さる家の奉公人で、貧乏画家に恋しています。二人は毎週木曜日に郵便局の前で待ち合わせて、デートをするのですが、ある時喧嘩をしてしまいました。二人共、それから木曜日になると、通りのべつべつの場所に立って、相手が来はしないかと郵便局を見つめています。しかし、お互いに気がつきません。

それを見ていた〝わたし〟は、青年の前でわざと自分が出すつもりだった手紙を落としました。親切な青年はそれを拾うと、郵便局へ行って投函します。娘はその姿を見て彼に駆け寄り、泣きながら仲直りをしました。

やがて二人は結婚し、デイヴィドという男の子を授かりますが、暮らし向きは楽ではありません。その様子を蔭ながら見守っていた〝わたし〟は、メアリーが古物商に売った人形の家を買い戻してプレゼントしたり、ティモシーという自分の息子が死んだと嘘をついて、子供の衣類を匿名《とくめい》で贈ったりします。

そのうちメアリーは贈り主が誰かを知り、御礼の手紙を書いて、何度も家に招きます。彼女はどうも、〝わたし〟が秘かに自分に恋しているのだと思い込んでいるようです。〝わたし〟はけして招待に応じませんが、そのかわり子供のデイヴィドを可愛がって、一緒にケンジントン公園で遊ぶようになります。

こんな風に、物語は〝わたし〟とデイヴィド少年、そしてメアリーとの交流を描いてゆくのですが、その中で、〝わたし〟がデイヴィドに語る話が、『ケンジントン公園のピーター・パン』なのです。

＊

『白い小鳥』の語り手は、デイヴィドの家を中々訪ねて行きませんが、作者のバリーはそれと正反対で、デイヴィス家に入りびたり、ジョージ、ジャック、ピーター、マイケル、ニコという五人の息子たちを可愛がりました。

バリーは少年たちとよく冒険ごっこをして遊び、その冒険にはピーター・パンや海賊が登場しました。劇のピーター・パンには、この子供たちの面影と、かれらとバリーが一緒に作り上げた幻想が生かされています。

一九二八年に出版された戯曲版「ピーター・パン」に、バリーは「五人へ」と題する長い献辞を寄せていますが、五人とはデイヴィス家の五人兄弟のことです。少しその冒頭の部分を訳して引用しましょう。

ついにピーター・パンの劇を印刷するにあたっては、いくつか不穏な告白をしなければなりません。その一つは、わたしはこの劇を書いた記憶が全然ないということです。しかし、そのことはあとでお話ししましょう。まず初めにしたいのは、ピーターを「五人」に捧げることです。その「五人」がいなかったら、彼はけして存在しなかったでしょうから。親愛なるみなさん、わたしはわたしたちが昔一緒に楽しく遊んだことを記念して、この捧げ物を、友達の愛情を持って受け取ってくださることを望みます。ピーターの劇には、今もあちらこちらにみなさんの姿が残っています。もっとも、それがわかるのはわたしたちだけでしょうが。これまで二十もの幕を削除しなければなりませんでしたが、みなさんはそのすべての中にいたのです。わたしたちは最初ケンジントン公園で、なまくらな矢でピーターを射落としたのでしたね？　わたしの記憶によると、わたしたちは彼を殺してしまったと思ったのですが、ピーターは息切れしただけでした。わたしたちはあっぱれ武勇のほどを示したと大得意になりましたが、そのあと、わたしたちのうちでも心の優しい者は泣き出し、みんな警察のことを考えました。みなさんは、この事件の証人となることを誰も拒まなかったでしょう。たしかに、わたしはみなさんを煽《あお》っていましたが、みなさんも、わたしが与えたのではない裏づけを見せてくれました。わたしは、ちょうど未開人が二本の棒で火を起こすように、みなさん五人を乱暴にこすり合わせて、ピーターをつくり出していることを、自分でいつも承知していたと思います。それこそがピーターであり、わたしがみなさんにもらった火花なのです。(「The Definitive Edition of the Plays of J. M.Barrie」Hodder and Stoughton 一九四八年版四八九頁)

*

「五人」がピーター・パンの生身《なまみ》のモデルだったとしても、「大人になろうとしない少年」の最大のモデルは、作者自身でした。

本書でも、また『ピーターとウェンディー』でも、子供と母親との関係が物語の重要なテーマとなっているのは、一見して明らかです。その背景には、バリー自身の一生に影を落とした一つの体験がありました。

一八六七年一月のこと。次兄デイヴィドが十四歳の誕生日を目前にして、スケート場での事故で亡くなりました。

利発で将来を期待された少年は母のお気に入りだっただけに、母マーガレットは心身共に大変な打撃を受けました。もともと身体があまり丈夫でなかった彼女は、これ以降、亡くなるまで寝たり起きたりの生活になってしまいました。

バリーは母が亡くなった翌年、『マーガレット・オグルヴィー』という本を上梓しています。これは生前の母の思い出を記したものですが、その第一章の冒頭に、デイヴィドを失った母の痛手と、それを見ていたもう一人の息子ジェイムズの反応がつぶさに描かれています。今その一部分を訳して引用してみましょう（翻訳はインターネットのグーテンベルク・プロジェクト版によります）。

母には遠くの学校へ行っている息子が一人あった。彼のことはほとんど憶えていない。思い出すのはただ陽気な顔をした少年で、栗鼠《りす》のように木に駆け上り、枝を揺すって、私の前掛に桜ん坊を落としてくれたことだ。彼が十三歳で、私はその半分の年齢《とし》だった時、恐ろしい報せが来た。母は息子を死神から守るために出かけたが、その時の母の顔は、落ち着いてはいるが恐ろしい顔だったと聞いている。私達は母と共に丘を下りて、木造の駅へ行った。私は母が不思議な列車に乗って旅をするのを羨ましがったと思う。私達はそこにいる当然の権利があることを誇らしく思って、母のまわりで遊んだというが、これは記憶になく、伝え聞きである。母は切符を買い、今はもう見ることの出来ない闘う顔で、私達に別れを告げた。すると、父が電報局から出て来て、かすれた声で言った。「あの子は死んでしまったよ」それで私達は静かに引き返し、また丘を登って、家に帰った。しかし、これは人から聞いた話ではない。この時以来、私は母のことをずっと憶えている。

（中略）

母はその時から病弱になり、何カ月も具合が悪かった。母が最初に見たいと言ったのは、子供が洗礼を受ける時に着せる襁褓《むつき》で、母はそれを長い間じっと見ていて、それから顔を壁に向けたという。そのために少年の私は、あれはデイヴィドが洗礼の時に着た襁褓だと思ったのだが、あとで聞いてみると、私達はみんな、家族の一番年上の者も一番年下の者も――その間は二十歳も離れているが──それにくるまって洗礼を受けたのだった。ほかにも何百という子供達が、その襁褓を着て洗礼を受けた。当時、そういう襁褓を持っていた家は珍しく、それを人に貸すのは母の自慢の一つだった。

（中略）

母はベッドに、あの襁褓を傍らに置いて寝ており、私は何度も戸口から覗き込んでは、階段へ行って、そこに坐り込んで、しくしく泣いた。あの最初の日だったか、それとも何日も経ってからだったかわからないが、私のところに姉が、母が一番可愛がっている娘がやって来た。そうだ、母はたしかにその姉を私よりも愛していた。私は六歳の時から彼女の自慢だったのだが。この姉は当時十代の末だったが、ひどく心配そうな顔をして、両手を揉《も》みながら私のところへ来ると、こう言った──お母さんのところへ行って、あなたにはまだもう一人息子がいるんだ、と言いなさい。私は興奮して母の部屋へ行ったが、部屋は暗く、ドアの閉まる音は聞こえたけれども、ベッドからは何の音も聞こえて来なかったので、怖くなり、じっと立っていた。激しい息をしていたか、たぶん泣いていたのだと思う。しばらくすると、物憂げな声が──母はそれまで物憂げな声など出したことがないのに――「おまえなの？」と言ったからだ。私はその声の響きに傷つけられたのだと思う。返事をしなかった。すると、声はもっと不安そうに「おまえなの？」と繰り返した。私は母が死んだ子供に話しかけているのだと思って、「ちがう。兄さんじゃない、僕だよ」と小さな寂しい声で言った。すると泣き声が聞こえて、母はベッドで寝返りを打ち、あたりは暗かったが、彼女が両腕を伸ばしているのがわかった。

そのあと、私は始終母のベッドに腰かけて、兄を忘れさせるために色々なことをやった。私なりに医者の真似をしたのだ。外で誰かが何かをして他人《ひと》を笑わせると、私はすぐにあの暗い部屋へ飛んで行き、母の前で同じことをした。私は奇妙な子供に見えたと思う。母を元気づけようと一生懸命なために、私の顔はこわばり、冗談を言う声も顫《ふる》えている、とみんなは言った（私は両足を壁につけてベッドで逆立ちしては、「笑ってる？　お母さん」と興奮して叫んだものだ）――そして、たぶん彼女を笑わせたのは私の意識しない何かだったのだろうが、それでも母は時々ふいに笑い出すことがあった。そうすると、私は大喜びで、いつも待ちかまえている例の姉に向かって、「見に来て」と甲高い声で叫んだ。

しかし、姉が来た時には、母の弱々しい顔はまた濡れていた。

（中略）

母が寝ながら兄のことを考えている時、不機嫌にならないで、デイヴィドの話をさせてあげなさい、と言ったのは、同じ姉だったにちがいない。そんなことをしても、母が以前の陽気な母に戻るとは思えなかったが、「あなたに出来なければ誰にも出来ないわ」と言われたので、やってみる気になった。初めのうち、私はよく焼餅を焼いて、「僕のことは思ってくれないの？」と言って、母が愛情のこもった思い出話をするのをやめさせたそうである。しかし、それは続かなかった。その代わりに、母にも違いがわからないほど、兄そっくりになってやろうという気持ちが起こり（やはり姉がそういう気持ちを吹き込んだに違いない）、そのために私は多くの巧妙な質問をした。それからこっそり練習したが、丸一週間経っても、やはり私は私自身のようだった。兄はすごく楽しそうに口笛を吹いた、と姉が言った。母はいつも針仕事をしている時、兄が口笛を吹くのを聞くと、朗らかになったという。そして兄は口笛を吹く時、股を開いて、ズボンのポケットに手を突っ込んでいたという。私はこの方法を信じて、試してみることにした。

ある日、兄の遊び仲間だった少年達から彼の口笛の吹き方を教えてもらうと（創意のある少年は、誰でも自分特有の口笛の吹き方をするのだ）、こっそり兄の服を着た。それは濃い灰色で小さな水玉模様があり、その後何年も私にぴったりだった。私はこうして仮装すると、他の者には知られないで、こっそり母の部屋に入った。震えていたに違いないが、それでも喜んで、じっと立っていた。しまいに母は私を見、そして――ああ、どんなに傷ついたことだろう！「聞いて」と私は意気揚々と叫んだ。そして両脚を大きく広げ、両手をズボンのポケットに突っ込み、口笛を吹き始めた。

母は兄が死んでから二十九年生きた。亡くなる間際まで活発で、つかまえておかないと、どこへ行ったかわからなくなってしまうくらいだった。そして、兄の死後は身体が弱く、時と共にいっそう弱くなっていったが、母の家事の腕前はふたたび評判になり、花嫁たちは母の赤ん坊のあやし方や、紙やすりで物を磨くやり方や、縫い物などを当然のごとく見に来たのだった。

（中略）

しかし、私は母に、彼女の中の死んだ一部分を忘れさせることは出来なかった。

あの二十九年間、兄は一日として母から遠ざかりはしなかった。母は何度も兄に話しかけながら眠りに落ちたし、眠っている間も、まるで兄が帰って来たかのように唇を動かして、微笑むのだった。そして目が醒めると、兄は急に消えてしまうのだろう。ハッとして困惑し、あたりを見まわして、それからゆっくりとこう言うのだった。「わたしのデイヴィドは死んでしまったのねえ」時によると、兄はすぐ消えないで、もう行かなければならないと母にささやいたのだろう。そういう時、母は黙って横たわっていたが、その目は潤《うる》んでいた。私が大人になり、兄は十三歳の少年のままだったある時、私は「デイヴィドのこの二十年」という文章を書いた。別の女性の似たような悲劇に関する文章だったが、私の書いたものの中で、唯一これについては、母は何も言わなかった。一番可愛がっている姉にも言わなかったのである。誰もその文章のことを母に言わなかったし、読んだかどうか訊いたりもしなかった。人は母親に向かって、家の中に小さな棺があるのを知っているかと尋ねたりはしないものである。母はそれが印刷されている本を何度も読んだが、その章に来ると、両手を胸にあて、あるいは両耳にあてたりもするのだった。

幼い子供は誰でも母親を独占したがり、兄弟をライバルと感じるものです。次兄と七つ年の離れていたバリーは、この事件が起こるまで、たぶん、母親を独り占めしていたつもりだったのでしょう。しかし、突然、母の心を兄に奪われてしまったことを感じます。しかも、兄は死んだことによって神聖な存在となり、彼から母を奪い返すことは永遠に出来ないのです。

幼いバリーが、最初は母が自分を思ってくれないことに不平を言っていたのに、ついには兄になりすましてまで愛されようとする姿は、何と痛々しいものでしょう。

母親に閉め出されたピーター・パンの悲劇をバリーに書かせたのは、こうした経験でした。バリーはこんなにも愛する母と自分との間に生じた亀裂を作品の中に持ち込み、創作という行為によって、何とかして苦しみを昇華し、傷を癒そうとせずにいられなかったようです。そのために、彼の作品には到る処に母の分身というべき女性が登場し、このことは、バリーを論ずる人が必ずと言って良いほど取り上げる点です。

母親の面影を描く作家は世の中に少なくないでしょうが、バリーほど極端な例は、古今東西に稀《まれ》かと思われます。しかも、バリーの場合には興味深い特徴があって、母は大人の女性として現われるだけでなく、母性豊かな少女としても現われるのです。これは母がバリーに語って聞かせた少女時代の自分――八歳の時に母親をなくして、小さい弟の面倒を見なければならなかった、いたいけな娘の姿なのです。

このことは、バリー本人もわかっていました。

彼は作品に女性を描くたびに、母親の面影を描いていることに気づいて、恥ずかしくなります。姉のジェーンは母に向かって、あの子もそろそろお母さんを本に書くのをやめた方がいい、と言いますが――

するとと、母はいつものように、うっかり心のうちを言ってしまうのだった。

「わたしもそう言ってるんだよ」母はクスクス笑いながら、言うのだ。「だから、あの子はわたしを出さないようにしてるんだけど、やっぱりそれができないのよ」(『マーガレット・オグルヴィー』第九章)

＊

世間的な成功という物差《ものさし》で考えると、バリーは非常に幸運な作家だったといえます。

彼は一八六〇年五月九日、スコットランドのキリミュアという町に生まれました。キリミュアは織物の盛んな町で、父デイヴィド・バリーは貧しい織物職工でした。母マーガレット（旧姓オグルヴィー）は石工の娘でした。夫婦は三男七女を儲け、ジェイムズは九人目の子供で三男でした。

年の離れた長男アレグザンダーはグラスゴーで教師をしており、幼いバリーの教育のために力を貸してくれました。それに、彼が大学まで行くことが出来たのは、母親の力もあったようです。周囲の人は彼を大学へやるのは無理だと思っていましたが、母親の「顔のうしろに如何なる野心が燃えていたかを、私はすでに知っていたのだろうか」とバリーは『マーガレット・オグルヴィー』に記していますから。

バリーはダンフリーズ・アカデミーという学校に学んだあと、エディンバラ大学に上がって修士号を取り、「ノッティンガム・ジャーナル」という地方新聞に雇われて社説を書いたりしながら、匿名・筆名でさまざまな雑誌に雑文を寄稿しました。

やがてロンドンに上京し、フリート街でジャーナリズムの仕事に専心します。物を書き始めてからしばらくして、バリーは自分の故郷のことを書いた文章が読者の興味を引くのを知り、地方生活のスケッチとでもいうべき短い文章を書き始めました。これには母マーガレットが自分の思い出の中から、さまざまな材料を提供してくれました。それを最初にまとめた本が『オールド・リヒト牧歌集 Auld Licht Idylls』（一八八八）で、第二弾が『スラムズの窓 A Window in Thrums』（一八八九）であります。

これらはいずれも作者の故郷キリミュア（作品の中ではスラムズと呼ばれています）の「オールド・リヒト教会」を中心として、貧しく敬虔な人々の姿を描いたものです。

『オールド・リヒト牧歌集』は好意を持って迎えられました。『スラムズの窓』はそれに勝る大成功で、アメリカで海賊版が出るほどでした。バリーはこのあとも代表作の一つである『小さな牧師』（一八九一）、自画像的傾向の強い『多感なトミー Sentimental Tommy』（一八九六）『トミーとグリゼル』（一九〇〇）などで、作家としての地位を固めてゆきます。ちなみに、この頃のバリーは、他の二人の小説家イアン・マクラレン、S・R・クロケットとひとまとめにして〝キャベツ畑派 The Kailyard School〟と呼ばれています。いずれもエディンバラ大学の卒業生だったこの三人は、故郷の牧師館から見えるキャベツ畑の周辺に住む人々の世界を描いたことが、この変わった呼び名のいわれだそうです。

一八九〇年代に入ると、バリーは劇作に力を入れはじめます。最初に評判を取ったのは、「イブセンの幽霊」という一幕物でした。これは当時のイブセン劇流行を諷刺した喜劇で、人気俳優J・L・トゥールが演じ、ロングランとなりました。その後も「ウォーカー、ロンドン」（一八九二）「教授の恋物語」（一八九四）とヒットが続き、二十世紀に入ってからは劇が創作の中心になったのでした。

世紀転換期の英国では、「人形の家」で知られるイブセンの問題劇や、メーテルリンクの象徴派劇が紹介されて、劇壇に新気運が生まれました。バーナード・ショーは大胆な思想劇で世間をアッと言わせ、アイルランドのダブリンでは、W・B・イェイツやシング、グレゴリー夫人らが新しい演劇運動を起こしていました。

一方、昔からの通俗的な劇も盛んで、そうしたものの作者としてはアーサー・ピネロやヘンリー・アーサー・ジョーンズが有名ですが、バリーはかれらと伍《ご》する人気を誇ったのです。

彼の書いた戯曲の数は（合作を除くと）長い物が十四本、一幕物も十指に余ります。そのうち、「ウォーカー、ロンドン（ちなみに、この題名は住所ですが、ウォーカー

walker には当時の俗語で〝ズラカる〟というほどの意味があり、強いて訳すと〝ロンドンの夜逃町〟といったところでしょうか）」「小さな牧師」「クオリティー街」「あっぱれクライトン」「女は誰でも知っていること」「メアリー・ローズ」はリバイバルをべつにして、いずれも上演回数が三百回を越えています。彼の劇には俗受けを狙いすぎたり、趣向倒れに終わったものなどもありますが、多くは奇想とユーモアと人情に溢《あふ》れる楽しい作品です。また妖精の神隠しをテーマにして、母親というこつものテーマを巧みにからめた「メアリー・ローズ」などは、今読んでも（そして、おそらく舞台で観ても）色褪せない傑作といえましょう。

しかしながら、「ピーター・パン」の成功は、こうした業績をすべて掻き消してしまうほどで、今日バリーといえば「ピーター・パン」の作者としか思われなくなったのは、本人にしてみると、少し不本意なことかもしれません。

彼は「ピーター・パン」から得られる全収入を子供の病院に寄付するなどの慈善事業も行いました。そうしたことのおかげもあってか、晩年にはメリット勲章を授かり、母校エディンバラ大学を初め、オックスフォード、ケンブリッジ両大学からも名誉博士号を贈られるなど、栄光の頂上を窮《きわ》めました。亡くなった時に彼が残した財産は、英国の著述家としては空前のものだったといいます。

しかし、家庭生活は幸福ではありませんでした。好き合って結婚したはずの妻メアリーは、ギルバート・カナンという人物と道ならぬ関係に陥り、それを知ったバリーは妻に男と別れることを求めましたが、メアリーはカナンとの結婚を望んで、二人は一九〇九年に離婚しました。その間の関係者のやりとりなどを見ていますと、バリーは男性として女性と普通の愛情生活を営むことが出来なかったようであります。

メアリーはその後カナンと結婚したものの、彼に捨てられ、生活にも困窮しました。そのことを知ったバリーは自分から手紙を書いて元の妻を助けてやりましたが、彼女と復縁することはなく、他の女性とも再婚しませんでした。

彼の心を慰めたのはデイヴィス家のシルヴィアと五人の子供たちだったのですが、シルヴィアは一九一〇年に病気で亡くなりました。夫のアーサーもそれ以前に世を去っていたので、バリーは子供たちの後見人となって面倒を見ました。しかし、ジョージは第一次世界大戦で戦死。マイケルは二十一歳の誕生日を目前にして、川で溺死してしまいます。ことにマイケルの死は、バリーに大きな打撃を与えたようです。

彼の伝記を書いたデニス・マッケイルは、そのためにバリーの残りの人生はすっかり変わり、暗くなってしまったと言っています。

とはいえ、彼はその後も創作をつづけ、一九三七年六月十九日に七十七歳で世を去りました。死ぬ前の年に初演された最後の劇「少年ダビデ」は旧約聖書に題材をとり、イスラエルの王となるダビデの子供時代を描きましたが、それはまたバリーの〝永遠の少年〟デイヴィドであり、ピーター・パンでもあったのでした。

＊

本書の底本には、一九一〇年にCharles Scribner's Sonsから出たアメリカでの初版を用い、英国での初版（一九〇六年版）に基づくグーテンベルク・プロジェクト版、『白い小鳥』の抜粋であるペンギン・クラシックス版を参照しました。

翻訳に際しては本多顕彰訳、高橋康也・高橋迪訳、鈴木重敏訳を参照して、大いに助けられました。公園の場所の名前など、訳語を踏襲させていただいた個所もあり、先人の恩に深く感謝いたします。また資料を使わせていただいた学習院大学図書館、東京外国語大学図書館、そして毎度のことながら、翻訳作業にあれこれと便宜を図って下さった光文社翻訳編集部の皆様に御礼を申し上げます。

J・M・バリー年譜

一八六〇年

五月九日、ジェイムズ・マシュー・バリーはスコットランド、アンガス州（旧名フォーファー州）の町キリミュアに生まれる。父デイヴィド・バリーは織物職工。母マーガレット（旧姓オグルヴィー）は石工の娘だった。夫婦は三男七女を設け、ジェイムズは九人目の子供で三男だった。

一八六七年　七歳

一月、次兄デイヴィドがスケート事故で死亡。

一八七三年　一三歳

ダンフリーズ・アカデミーに学ぶ（七八年まで）。

一八七八年　一八歳

エディンバラ大学入学。

一八八二年　二二歳

エディンバラ大学の文学修士号を取得。

一八八三年　二三歳

「ノッティンガム・ジャーナル」の記者を務める。匿名・筆名で多くの雑誌に寄稿。

一八八五年　二五歳

ロンドンに引っ越し、フリート街でジャーナリズムの仕事を始める。

一八八七年　二七歳
『死んだ方が良い』小説。

一八八八年　二八歳
『オールド・リヒト牧歌集』小説。『男が独身の時』小説。

一八八九年　二九歳
『スラムズの窓』小説。

一八九〇年　三〇歳
『My Lady Nicotine』煙草に関する散文集。

一八九一年　三一歳
『小さな牧師』小説。「イプセンの幽霊」初演。H・B・マリオット・ワトソンと共作の劇「リチャード・サヴェージ」初演。

一八九二年　三二歳
「ウォーカー、ロンドン」初演。成功を収める。

一八九四年　三四歳
「教授の恋物語」初演。
七月九日、女優メアリー・アンセルと結婚。ケンジントン公園に近いグロスター・ロードに住居する。

一八九五年　三五歳
母マーガレット死去。

一八九六年　三六歳
『多感なトミー』小説。『マーガレット・オグルヴィー』母の思い出の記。

一八九七年　三七歳
「小さな牧師」（同名の小説に基づく

劇）初演。

一八九八年　三八歳
セント・アンドルーズ大学から名誉法学博士号を授与される。

一九〇〇年　四〇歳
『トミーとグリゼル』小説。「婚礼の客」初演。

一九〇二年　四二歳
『白い小鳥』小説。「クオリティー街」、「あっぱれクライトン」初演。

一九〇三年　四三歳
「メアリーちゃん Little Mary」初演。

一九〇四年　四四歳
一二月二七日、「ピーター・パン、あるいは大人になろうとしない少年」初演。

一九〇五年　四五歳
「パンタルーン」「炉端のアリス Alice Sit-By-the-Fire」初演。

一九〇六年　四六歳
『ケンジントン公園のピーター・パン』小説。

一九〇八年　四八歳
「女は誰でも知っていること」初演。

一九〇九年　四九歳
四月、エディンバラ大学から名誉法学博士号を授与される。十月、妻と離婚。アデルフィ・テラスに引っ越す。

一九一〇年　五〇歳
「旧友」「十二ポンドの目つき」「生活の断面」初演。

一九一一年　五一歳

『ピーターとウェンディー』小説。ケンジントン公園に彫刻家サー・ジョージ・フランプトンによるピーター・パンの像を建てる。

一九一三年　五三歳
「遺言書」初演。准男爵に叙せられる。

一九一四年　五四歳
「Der Tag」初演。

一九一六年　五六歳
「シンデレラにキスを」初演。

一九一七年　五七歳
「親愛なるブルータス」初演。

一九一八年　五八歳
「忘れ得ぬ声」初演。「戦争の谺」一幕物集。
ホッダー・アンド・ストウトン社から『ユニフォーム版J・M・バリー戯曲集』出版される（三八年まで）。

一九一九年　五九歳
セント・アンドルーズ大学の学長に選出される。

一九二〇年　六〇歳
「メアリー・ローズ」初演。

一九二一年　六一歳
一幕物劇「御婦人達のところへ行きましょうか」が王立演劇学校付属劇場の落成式に初演される。

一九二二年　六二歳
メリット勲章を授与される。

一九二六年　六六歳
オックスフォード大学から名誉法学博士号を授与される。

一九二七年　六七歳
「バーバラの婚礼」初演。
一九二八年　六八歳
戯曲「ピーター・パン」出版（「ユニフォーム版J・M・バリー劇集」の収録作品として）。
一九三〇年　七〇歳
ケンブリッジ大学から名誉法学博士号を授与される。エディンバラ大学の学長に任じられる。
一九三二年　七二歳
「さようなら、ジュリー・ローガンさん」小説。
一九三六年　七六歳
最後の劇「少年ダビデ」初演。
一九三七年　七七歳
六月一九日、死去。キリミュア墓地に葬られる。
一九三八年
『The Greenwood Hat』散文。
一九三九年
『M'Connachie & J. M. B.』演説集。
一九四七年
『書簡集』ヴァイオラ・メネル編。

訳者あとがき

わたしが近年J・M・バリーに関心を持ったきっかけは、シンシア・アスキスの書いた回想記『バリーの肖像』を読んだことでした。

シンシア・アスキスは英国の総理大臣ハーバート・ヘンリー・アスキスの息子のお嫁さんで、晩年のバリーの秘書をつとめ、秘書として、また友人として、最後まで彼を見守った人です。

彼女は幽霊小説が好きで、自分でも「角店《かどみせ》」などの短篇を書いていますが、それ以上に良く読まれたのは、彼女が編んだアンソロジー『ゴースト・ブック』です。これにはマッケンやブラックウッド、ウォルター・デラメーア、D・H・ロレンスといった当時の優れた作家が短篇を寄せており、なるほど、バリーの秘書をしていたのなら、良い人脈も出来たろうなあ、などと想像してしまいました。

バリーも満更《まんざら》、幽霊に縁のない人ではありませんでした。

彼には降霊術を題材にした戯曲「忘れ得ぬ声」があり、最後の小説「さようなら、ジュリー・ローガンさん」は幽霊物語です。戯曲「メアリー・ローズ」は妖精の神隠しをテーマにしていますが、始まりの場面などは、かなり良く出来たお化け屋敷物です。

本書には幽霊こそ出て来ませんが、公園に住む小さいピーターには、可愛らしいお化けのようなところがないでしょうか。それに、ピーターとメイミーの出会いと悲しい別れには、幽明を隔てた恋物語の要素がちゃんと備わっています。

わたしは最近になってこの作品を何十年ぶりかで読み返し、意外な魅力をたくさん発見することが出来ました。読者のみなさんにそれをお伝えすることが出来れば、何よりの喜びです。

二〇一七年春

訳者しるす

kobunsha classics
光文社古典新訳文庫

ケンジントン公園《こうえん》のピーター・パン

著者　バリー
訳者　南條《なんじょう》 竹則《たけのり》

2017年5月20日　初版第1刷発行

発行者　田邉浩司
印刷　萩原印刷
製本　ナショナル製本

発行所　株式会社光文社
〒112-8011東京都文京区音羽1-16-6
電話　03（5395）8162（編集部）
03（5395）8116（書籍販売部）
03（5395）8125（業務部）
www.kobunsha.com

ISBN978-4-334-75353-5 Printed in Japan

いま、息をしている言葉で、もういちど古典を

長い年月をかけて世界中で読み継がれてきたのが古典です。奥の深い味わいある作品ばかりがそろっており、この「古典の森」に分け入ることは人生のもっとも大きな喜びであることに異論のある人はいないはずです。しかしながら、こんなに豊饒で魅力に満ちた古典を、なぜわたしたちはこれほどまで疎んじてきたのでしょうか。

ひとつには古臭い教養主義からの逃走だったのかもしれません。真面目に文学や思想を論じることは、ある種の権威化であるという思いから、その呪縛から逃れるために、教養そのものを否定しすぎてしまったのではないでしょうか。

いま、時代は大きな転換期を迎えています。まれに見るスピードで歴史が動いていくのを多くの人々が実感していると思います。

こんな時わたしたちを支え、導いてくれるものが古典なのです。「いま、息をしている言葉で」――光文社の古典新訳文庫は、さまよえる現代人の心の奥底まで届くような言葉で、古典を現代に蘇らせることを意図して創刊されました。気取らず、自由に、心の赴くままに、気軽に手に取って楽しめる古典作品を、新訳という光のもとに読者に届けていくこと。それがこの文庫の使命だとわたしたちは考えています。

このシリーズについてのご意見、ご感想、ご要望をハガキ、手紙、メール等で翻訳編集部までお寄せください。今後の企画の参考にさせていただきます。
メール　info@kotensinyaku.jp